CORPO PRESENTE

A marca FSC® é a garantia de que a madeira utilizada na fabricação do papel deste livro provém de florestas que foram gerenciadas de maneira ambientalmente correta, socialmente justa e economicamente viável, além de outras fontes de origem controlada.

JOÃO PAULO CUENCA

Corpo presente

COMPANHIA DAS LETRAS

Copyright do texto © 2013 by João Paulo Cuenca

Grafia atualizada segundo o Acordo Ortográfico da Língua Portuguesa de 1990, que entrou em vigor no Brasil em 2009.

Capa
Retina_78

Preparação
Leny Cordeiro

Revisão
Isabel Jorge Cury
Valquíria Della Pozza

Os personagens e as situações desta obra são reais apenas no universo da ficção; não se referem a pessoas e fatos concretos, e sobre eles não emitem opinião.

Dados Internacionais de Catalogação na Publicação (CIP)
(Câmara Brasileira do Livro, SP, Brasil)

Cuenca, João Paulo
   Corpo presente/ João Paulo Cuenca. — 1ª ed. — São Paulo: Companhia das Letras, 2013.

ISBN 978-85-359-2332-2

1. Ficção brasileira I. Título.

13-08095   CDD-869.93

    Índice para catálogo sistemático:
    1. Ficção : Literatura brasileira 869.93

[2013]
Todos os direitos desta edição reservados à
EDITORA SCHWARCZ S.A.
Rua Bandeira Paulista, 702, cj. 32
04532-002 — São Paulo — SP
Telefone: (11) 3707-3500
Fax: (11) 3707-3501
www.companhiadasletras.com.br
www.blogdacompanhia.com.br

Para Carmen

Mas você me sorri, mulher, e a vida vive.
João Antônio

Carmen

Carmen não se aguenta mais sobre as pernas. Com uma das mãos, equilibra o bebê contra seu peito e, com a outra, arruma as gavetas, cheias de fraldas. Desiste de organizar as fraldas, deixa os sacos no chão. Pega o mamilo e direciona para a boca do bebê. Às vezes escapa. E às vezes Carmen se cansa demais e tem pequenas ausências, como se sua existência cessasse por alguns segundos. Quando isso acontece, Carmen dorme de pé e acorda com taquicardia, assustada, procurando o bebê. Normalmente o bebê está no seu colo e Carmen pergunta qual será a força que faz o seu braço continuar apoiando o bebê mesmo estando ela inconsciente. Alberto está no plantão. Carmen fica só com o bebê.

    Os mamilos de Carmen estão enormes, ela repara, e os peitos também. Mais roliços, duros como duas peras. Desde que o bebê nasceu, Alberto não a procura. As únicas chupadas que Carmen leva há meses são as do bebê, e Carmen riria disso se tivesse forças. O bebê tem um sono louco, instável, teve febre à noite. E Carmen vive uma vida sem dia ou noite. Sob o compasso do humor errrático do bebê. Não vê mais as amigas, largou o emprego, não lê, parou de acompanhar a novela. Virou um animal primitivo cuja única função é dar os peitos ao bebê e limpar o seu rabo. Carmen não tem tempo pra se depilar ou lavar a cabeça. Lentamente se transforma num animal, como o bebê. Carmen está ficando suja como o bebê. Burra como o bebê. Estúpida como o bebê. Carmen tem chorado com o bebê. Isso tudo une os dois de uma forma que Alberto não vai entender.

O bebê está com muita fome e chupa o mamilo esquerdo de Carmen com força, chega a doer. Os olhos de Carmen se fecham, ela vai dormir em pé novamente. Mas Carmen está pensando e não dorme. Carmen está tão exausta que não tem mais pudores em pensar nisso ao lado do bebê. Carmen está ficando suja como o bebê. Lembra de Alberto, mas ele parece sem graça agora. Carmen pensa no colega. Uma vez levou Carmen pra tomar chope no Alemão, depois do banco. Era grande, e os braços, fortes. Alberto parece sem graça agora. Carmen pensa no homem entrando pela porta, Carmen iria servir um café. As chupadas do bebê seguem um ritmo constante. O bebê chupa com força. Carmen pensa no colega e quais seriam seu cheiro e seu gosto. Carmen se toca no ritmo da chupada do bebê. Carmen está ficando suja como o bebê. Enfia os dedos na vagina, encharcada. O bebê chupa e chupa, indiferente. O leite seca. Carmen se sente estuprada. Abraça o bebê com mais força e junta seu pescoço à cabeça do bebê. Aperta o bebê. O homem arranca as roupas de Carmen com seus braços fortes, cheios de pelos. Esfrega seu cacete na cara de Carmen, que se equilibra de joelhos, com o bebê no colo, para poder chupar. O bebê chupa Carmen. Carmen chupa o homem. Carmen está ficando suja como o bebê. Carmen enfia os dedos na vagina, mais fundo. Com o indicador manipula o clitóris. Bufa raivosamente e aperta mais o bebê contra si. O bebê não para de chupar Carmen. Carmen se sente estuprada. Coloca os dedos da outra mão na boca e equilibra o bebê. Carmen está ficando primitiva como o bebê, mas não pensa mais nisso. O homem vai gozar. Carmen morde os dedos. O bebê ganha dentes e morde o mamilo de Carmen. Carmen está ficando suja como o bebê. Urra. Grita. Chora como o bebê.

Carmen então explode. Arranca o bebê do seu peito e o aperta contra si. Grita, entre soluços, "é seu, é seu, porra!", se contorce entre espasmos de prazer, senta na cadeira, estica as pernas e continua metendo com força a cara do bebê pela sua calcinha encharcada. Mas demora, demora a gozar. Vem em ondas, num fluxo de prazer ritmado, como as chupadas do bebê. Até que os olhos de Carmen se fechem novamente.

O bebê vai chorar, assustado. Carmen vai colocar o bebê no colo e dormir.

2.

Muralha de janelas encaixotadas e portaria sempre aberta, sem perguntas. IDENTIFICAR-SE É UM ATO DIGNO, só um aviso inútil pregado na parede. O prédio é como um cigarro sem filtro, sem interfone. Crianças pretas e brancas, mais pretas do que brancas, sobem e descem durante todo o dia pelos elevadores que nunca chegam vazios. Vinte e dois apartamentos por andar, vinte e quatro horas aberto. Sempre faz calor. É a pouca ventilação nos corredores e a ventoinha que quebra. E muitas vezes é simplesmente paudurescência. Estrias de crescimento escapam pelos shortinhos apertados das meninas que, cabelos alisados e umbigo à mostra, misturam perfumes inusitados enquanto escolhem seu andar e fofocam nas áreas comuns do prédio na Prado Júnior. Os diálogos, recorrentes a qualquer hora do dia ou da noite: "E aí, tá indo trabalhar?". Sorrio aberto e penso em levantar aquela camiseta e mordiscar os mamilos claros e pequenos da menina, que me olha como se eu pudesse fazer isso a qualquer momento. Chego ao térreo.

Saio e entro várias vezes por dia do cubículo sem cozinha, sem hall, sem corredor, sem copa, sem lavabo, sem nada que não seja um único cômodo, com pia, fogão de duas bocas, geladeira pequena, colchão jogado ao chão, guitarra sem cordas, aparelho de som, alguns livros, discos espalhados, sofá de dois lugares, armário e banheiro. A janela sempre fechada para um pátio interno de poucos metros quadrados. Com curiosidade obsessiva, acompanho a vida que brota de todas as outras janelas, próximas demais. Quando as luzes se apagam, não consigo deixar de manter o pensamento no que continua, a existência alheia que segue zumbindo como uma enorme mosca.

É só apoiar os ouvidos nas paredes e ouvir a merda caindo pelos canos que nos separam. Vivemos sitiados entre fluidos e pensamentos que se perdem pelo ar. Mistérios sob cada cortina. Perversões inimagináveis e a normalidade mais absoluta. O vazio mental de uma criança, a frustração calada da mãe, o olhar inapelável de um cachorro, o segredo no diário da menina, as cartas que ninguém leu, envelopes lacrados, a vida que corre, gim derramado no sofá; é domingo de madrugada em mais um conjugado de fundos, nove andares acima do chão, a luz chapada do vizinho insiste em entrar pela janela, vence minhas pálpebras.

3.

Copacabana amanhece isolada do resto do mundo por pedras e pelo mar. O Túnel Novo abre caminho pra onde a vida parece desenrolar sem culpa. O ressentimento dos duzentos mil moradores começa a escorrer pelos bueiros dos botecos em cada esquina, cinco por quarteirão. São poucos os que veem o dia surgir vermelho. Vagabundos, garis, entregadores de jornais, meia dúzia de travecos, putas cansadas, cachorros e alguns velhos andando na praia. Velhos de sono curto que surgem de todas as portas e escadas. O sono dos velhos é cada vez menor. Madrugam. Quando não têm mais o que acordar, morrem estampando avisos fúnebres no meu elevador. Toda semana um novo aviso — COMUNICAMOS O FALECIMENTO DO EX-MORADOR DO APTO. 503. A distância e o tempo que os velhos carregam fazem seus dias parecerem o mesmo. E os dias em Copacabana não param de nascer iguais. Cada vez mais iguais.

O sol se desprende do mar, esquenta o sono das putas,

gringos por trás de cortinas prateadas, mendigos e pivetes sob marquises, cobertores imundos. Ilumina janelões na avenida Atlântica. Brilha em cada fresta de ar-condicionado, desenha o teto de conjugados porcos, superpovoados, ilumina quadros caros, coberturas e a piscina do Copacabana Palace, espia basculantes, esquenta as lágrimas de crioulas gostosas, cicatrizando feridas, pingando sangue pelo chão, a oração de beatas que rezam ajoelhadas em frente ao espelho de cômodas gastas, o passeio de cachorrinhos estúpidos, o tédio dos porteiros sonolentos, essa gente sem esperança que dorme cada vez menos enquanto seus dias somem num ralo comum. O sono dos velhos é cada vez menor. Amanhece em Copacabana, as crianças vendendo pó na Djalma Ulrich. Sonhos caindo do céu. Amanhece por trás dos prédios, amanhece o que é feio no que é belo. Amanhece até que não exista diferença.

A luz acorda o velho Alberto, que desmaiou cheirando cocaína na bunda lisa de um michê de dezessete anos. O garoto estuda na escola pública do Lido, ao lado da minha casa. Quando deixo a portaria, esbarro com os dois.

Olha pra mim e ri, o filho da puta.

5.

Claridade de quase dia, desde atrás das folhas, lá em cima, pinta meus braços de prata. Mantendo o andar reto, olho para os lados, as ruas estreitas, vazias, os becos, vazios. Sob a luz escura de um dia que custa a nascer, as ruas passam a se confundir cada vez mais rápido. Meus olhos tentam agarrar as imagens — escapam sem volta. Os sinais piscam amarelo, amarelo, e no terceiro piscar eu já estou em outro quarteirão, mas a velocidade faz todo quarteirão ser igual ao anterior. A distância e o tempo fazem com que as coisas pareçam todas iguais. Os dias de hoje vão parecer todos iguais. Não vai fazer diferença.

Compro o jornal enquanto vejo os entregadores montando os cadernos, encaixando os classificados na edição de sábado, saindo de kombis lotadas de papel. Trabalhando por pouco, os olhares distantes. A distância e o tempo fazem com que pareçam todos iguais. Os dias de hoje vão parecer todos iguais, mortos. Desde o primeiro raio de luz que nos ofusca, azulejos se seguindo na parede, máscaras flutuando por esse corredor de palavras, tudo nos faz esquecer da única certeza possível, uma capa de gordura nos protegendo de nós mesmos. Acredito mais na morte do que em mim mesmo. Se essa gente soubesse, eu não teria jornal pra ler.

    O sol nasce por trás de Niterói enquanto tomo meu rumo, ainda embriagado pela bebida e por esses pensamentos estéreis. O solavanco fica pra trás. Retomo minha reta. Quando chegar em casa, vou perceber que me venderam o jornal de ontem. Não vai fazer diferença.

7.

Na calçada, um moleque me pede dinheiro. Vasculho o bolso e compro paz de espírito por trinta segundos e cinquenta centavos. O sol, batendo na pedra portuguesa, esquenta as pedras escuras. Gostaria de andar por onde não conheço. O destino dessas ruas é marcado, a nitidez de seus caminhos me confunde. Existe alguma droga que me faça desconhecer essa cidade e suas direções? Esquecer seu rumo e sua coleção de clichês, óbvios demais? Esquecer essa Copacabana axiomática, descortinada? Esse precipício que cai num mar sujo de almas limpas com álcool, cheiro de eucalipto, creme rinse e água sanitária, a Copacabana esquina do homem, estertor da civilização, hospedagem cinco-estrelas, *breakfast* completo, traslado incluso, madames passeando com gatos, travecos mijando de pé, quinze reais a entrada com direito a um drinque nacional, cento e cinquenta reais uma hora, um e setenta e cinco o minuto na cabine?

11.

Quando Carmen me manda chupar, encaixo o nariz na sua bunda lisa e branca, estico a língua dentro do seu corpo. O gosto é ácido, amargo, e eu penso que, a partir daquele momento, o meu principal objetivo na vida é fazer Carmen ficar doce. É a única coisa que merece meu esforço.

Fora disso, não tenho nenhum interesse e me afasto. Sem constrangimento, sugo o sangue das minhas amizades e, enfastiado, expulso seu conteúdo do meu corpo com o derradeiro esforço de quem larga um pedaço de merda insistente e áspero. Como um chupim, me alimento dos outros, um parasita romântico. Esses amigos se sucedem como meus empregos, um a cada três meses. Balconista, analista, contador, burocrata, e os assuntos se esgotam cedo demais. Depois não há mais interesse e cada reencontro é constrangedor e triste. Chego a pensar que podiam morrer todos pelo caminho, para que eu não precisasse mais vê-los. Nesse caso, ainda conservaria alguma lembrança agradável e não o gosto de película gasta e reprise vespertina na boca. Mas eles insistem em continuar vivos, cuspindo lamúrias, andando por aí como fantasmas.

Gostaria de escrever algo como "as grandes cabeças da minha geração", mas essa é toda uma linhagem de chatos queixosos. Encaro seus olhos e só vejo o reflexo do vazio em cada um de nós, entre óculos de aro grosso, orelhas amassadas, sob cabelos pintados de loiro, em diários na rede, programas de auditório e sessões sofisticadas de cinema, é tudo a mesma grande coisa, só a repetição de padrões regurgitados, como se nada mais houvesse ou fosse possível fora dessa nostalgia vazia.

Minha máquina de digerir só não consegue desintegrar Carmen. É a única que sobrevive sem pudor, andando nua por essa necrópole sem fim, pisando seus pés pequenos sobre os mortos, esmigalhando pedaços de carne e tropeçando em ossos. Esbarrando nos corpos sem vida, eu sigo descobrindo Carmen pelas ruas, em cada janela fechada, por trás de esquinas, entre cada espelho quebrado, cada noite perdida.

13.

Começa numa melodia muito simples, um ruído baixo, delicado, poucas notas de piano me abrem a vista e reverberam cada vez mais forte, cordas entram em contraponto à frase principal, repousam numa nota grave, respiram, a orquestra pausa e contra-ataca, me aperta a garganta num nó, os olhos se injetam de sangue, o coro de vozes entoa profundo, o som dá voltas pelo meu corpo, *cellos* atacam uma nota grave em repetição, a orquestra muda o andamento, mais lento, arrastado, tímpanos passam a pontuar os compassos desde o fundo, preparam a volta para o tema principal, a percussão atira bigornas pelo chão, num ritmo maciço e compacto, sopros exploram dissonâncias, abrem a harmonia jorrando notas por todos os lados, guitarras cospem microfonias e o som vira um grande monolito negro até o ponto em que não se possam distinguir os instrumentos, até onde não exista centro tonal, até não existir razão alguma para os músicos continuarem tocando, então tudo fica claro, o pano cai e horizontes se descortinam com a força de dois sóis, não há o que pensar quando todos voltam à melodia principal, em uníssono, com a contundência de uma explosão.

Sinto Carmen respirar pelo lençol, pouso minha mão em volta da sua cintura, me escondo nas suas curvas e encontro a eternidade em cada volta dos seus braços. É o que me tira o medo desse mundo por onde vagueio errante, fazendo minhas coisas sem sentido. Em Carmen eu sublimo esse universo de incompreensão e babaquice, em Carmen não escapo, me encontro da forma mais básica, absoluta. A morte que eu quero ter, minha filha única, Carmen.

Carmen não me dá vontade de escrever. Se o mundo fosse real como Carmen, não teria nada a dizer.

17.

Abro a porta, encaro o espelho. Ser alguém tem algo de grave. Não há outra opção, você precisa carregar sozinho esse fardo que é você mesmo para todo lugar. Aquele cara estranho, a pessoa de sempre, esse estranhamento constante, o rosto cansado. Envelhece no espelho. Essa máscara aprisionada numa casca que apodrece com os anos e com o uso — sem volta, enquanto você lê isso e eu bolino o grande rabo suado de Carmen.
"Qual é mesmo o seu nome?"
Carmen acorda, prende seus cabelos pretos, ainda molhados de suor, e senta na beira da cama, com o jeito das crianças.
"Alberto." Digo sem pensar.
Carmen ri e pede comida. Vamos tomar café na padaria.

19.

Subo no elevador lotado, procuro um canto com pressa, suor escorrendo pelos cabelos, caindo pela nuca, mais gente entra, empurram-se, olham para baixo, para cima, para os lados, todos os ângulos, mas nenhum deles, nenhum olhar cruza a linha reta traçada a partir do meu olhar. O chão sobe devagar, a caixa arrasta-se pelo corredor vertical sob o equilíbrio de correntes velhas, sem manutenção, que fraquejam como a minha respiração irregular. Diferentes criaturas respiram, pensam baixinho, em ritmos e fragmentos inexpugnáveis, disputam o ar do pequeno compartimento, retangular e oco. Um outro olhar, mecânico e postado no teto, vigia os passageiros, refletidos incansavelmente por dois espelhos paralelos que fazem o elevador transformar-se em vários, cada um em vários, e multiplicam-se então os olhares sem foco, as linhas retas que nunca se cruzam. Os olhares nunca caem sobre a pele suja que cobre os diferentes rostos. Evitam-se. O elevador aterrissa, chego ao trabalho.

    O tempo segue num ritmo maçante. O som do ar-condicionado, a frequência emitida pelo monitor, o entra e sai dos mensageiros, tudo caminha num curso peculiar e alienante que faz com que cada dia seja desperdiçado de forma igual, metodicamente. A música que os alto-falantes centrais tocam, a mesma melodia central simples, repetida inúmeras vezes, se entrelaça com a orquestração, vai e volta tantas vezes, faz tudo e todos vocês parecerem tão vulgares. Todos nós.

    O sol recua pelo vidro fumê e o mundo fora da redoma de vidro segue outro ritmo, menos conciso.

23.

Passar o dia abstêmio não é fácil para quem é tão penosamente autoconsciente. Vozes interiores cobram escolhas, reacendem culpas e lembram o que se quer apagar de um presente eterno, em que nada perde o peso. Mas acabaram inventando uma droga totalmente legal e popular pra contornar esse problema — e se pode usar no escritório. Eu me tornei mais um viciado.

Um terço do dia encarando uma tela azul, eu espero ordens. Preciso do estímulo, preciso do pisca-pisca, preciso que alguém me escreva, não dá pra não esperar. Sou só um mecanismo esperando um clique e eu não quero mais nada de vocês além disso. Sua presença é dispensável e irritante. Essas vozes me cansam, não preciso ouvi-las. Nem pelo telefone. É só me mandarem um texto. Não importa se eu não entender o que você escreve, assim mesmo está valendo. Eu fecho suas palavras em um segundo. A nossa comunicação é fragmentada, não te conheço, mas sabemos detalhes um do outro. Leio seu diário, sei o que acontece contigo, trocamos intimidade. Nem isso me causa mais estranheza. Você sabe, a gente não escreve direito. A gente não consegue escrever mais de duas páginas. A gente arrisca crônica e conto, mas não tem conteúdo pra escrever um romance. Peraí que a gente vai parando pra fazer outras coisas, mas eu não posso parar de ler e falar com essa gente fascinante que mal conheço. Perder meu tempo com essa gente fascinante que mal conheço. Vagabundagem mal remunerada das nove às cinco.

Em poucos meses, me demitem desse emprego. É um orgulho estranho, a confirmação de um talento nato pra não trabalhar. Como levar um fora de uma mulher que você sabe que não te merece. Enche um homem de certezas. Não tenho, mas sei que o dinheiro está lá. Existe, espalhado pelos bolsos de quem risca as ruas com carros importados, lota restaurantes, shoppings, bares, hotéis caros, está nos bancos, em barcos, boates, aparelhos de ginástica, maconha da boa, pó, eletrodomésticos de luxo, vista pro mar, putas de cabelo amarelo; eu posso sentir, eu posso tocar o dinheiro, posso sentir seu cheiro de vestiário, esse cheiro de eu, o tato nojento do dinheiro, o caminho de intestino que o dinheiro faz até nós. Um dia cai no meu bolso. Continuo fazendo o que eu faço, esses empregos de merda, escrevendo isso aqui. Um dia cai. E me abaixo pra pegar.

29.

Atravesso a rua em direção ao mar, passos largos, o braço envolvendo Carmen. Empurro o carrinho do bebê. É domingo e a avenida Atlântica está fechada aos carros. O som de buzinas e motores dá espaço a famílias inteiras carregando isopores com cerveja, meninas de biquíni, bicicletas, patinetes, velhas gordas, pivetes, crianças jogando bola, cadeiras de rodas, fumaça de churrasquinho, pretos magrelos do morro e loiras de salto alto. Copacabana aos domingos é óbvia assim, e eu flutuo entre todas essas caricaturas pelo calçadão.

Carmen sorri aquele sorriso grande e diz alguma coisa sobre a criança. Paramos para comprar água de coco, cuidado pra não dar caganeira no bebê, tem que colocar o boné na cabeça do bebê, olha direito o bebê. O puto escolhe as esquinas. Rouba o meu lugar na cama. Mas o amo assim, como quem não tem opção. Passa uma mulata de lycra, olha dentro dos meus olhos. Carmen está distraída com a criança, que chora as lágrimas que acumulei por anos antes de enfiá-lo entre suas coxas grossas. Chora sua herança. É um fodido. A mulata tem os cabelos alisados. Cheira a creme de cabelo. Se abaixa ao meu lado, Carmen de costas, enfia um papel no meu bolso. Passa os dedos pelo meu pau. Não há sombra na praia, o sol está a pino.

Andamos até a pedra do Leme. Ao longo da costa, dezenas de pescadores passam o dia tentando fisgar algum peixe. Não pegam nada.

31.

É sempre uma britadeira furando o asfalto, um martelo pregando paredes e essa cidade em construção eterna, sendo demolida e posta acima todos os dias, até que não sobre mais um prego, pedaço de madeira ou saco de cimento. Acordamos tarde e eu ligo a TV. Sento no sofá, abro um jornal.

"Vem cá, princesinha."

Como um físico que busca uma fórmula que explique todos os fenômenos do universo, explosões de estrelas, fusões nucleares, a interação entre os pequenos elementos que compõem um raio de luz, a velocidade com que um vírus se alastra, destruindo células e se replicando em mutação, eu mastigo o significado e a existência de Carmen como a única coisa que realmente existe, sem ilusões, espelhos ou filosofia.

A britadeira continua a golpear a calçada, pedras portuguesas explodem em pedaços, mas Carmen ali, de calcinha e blusa — e tudo fica doce. Senta no meu colo, deposita a mão pequena sobre o meu rosto, acaricia minha barba, se aconchega nesse corpo cansado. As paredes descascadas, pintadas por Carmen, seus desenhos ingênuos, bonequinhos, casas felizes, jardins infantis, rosas vermelhas, óbvias, sóis sorrindo, arco-íris em riscos aleatórios, coloridos, da sala até a porta do seu quarto. Deixo Carmen pintar, faz o que bem entende. Quando o aluguel começar a vencer, pinto as paredes de branco. O que não se conserta é o que não se pode apagar.

No prédio em frente tem uma festa. Carmen olha, pede pra ir. Gente ao redor de uma mesa comendo e bebendo, barulhentos. Levanto e, que merda, todos me olham, as janelas são perto demais, tudo é perto demais, estou de cueca e sinto vergonha do meu corpo, essa barriga obscena, os dedos queimados, unhas carcomidas, mas olho Carmen e me esqueço disso tudo e só penso em Carmen e seu corpo pequeno do meu lado. Carinho nos seus braços gordos. Carmen, fofa, olha meus olhos e sorri, solta de si.

"Pai, eu quero passear... Passeia comigo?"

Mas eu nunca levo Carmen pra passear.

37.

Eu e Alberto resolvemos tomar algumas. O calor evapora as poças do Baixo Gávea, pra você ver a falta de opção, e copos entornam enquanto mulheres mal depiladas olham pra nossa mesa a quarenta e cinco graus. Eu não aguento mais essa encheção de saco, sabe, Alberto? Esse cemitério de ideias, o som vazio de todas essas bocas abrindo e fechando, bebendo e comendo pizzas tão requentadas quanto os seus pensamentos. Você pode sentir o nada sobre a nossa cabeça, é só um enorme murmúrio sem sentido nem direção. Não há o que tirar daqui, não há matéria-prima pra nada, a fonte secou. Toda essa sofisticação babaca e deslumbrada e eu só enxergo aves de rapina comendo merda num deserto estéril.

Aquele mesmo rame-rame e a gente é tão genial que ninguém nunca ouviu falar. E as mulheres continuam neuróticas. E a comida tá ficando cada vez pior lá em casa, meu caro. A única âncora é o copo. O fundo do copo, lá em casa. Eu não sei se bebo porque tenho motivo ou se eu invento motivo pra beber, isso não importa e talvez seja assim mesmo.

E, quando você tem uma boa companhia, como um velho amigo, Alberto, o negócio degringola, especialmente nessa noite desesperada. E o papo vai pra muito longe. O garçom bebum já começa a trançar as pernas e juro que hoje eu passo o velho. E o porquê não tem explicação e é bom que assim seja, e a gente pede mais um gim-tônica, Alberto. A fumaça sobe. Cada vez mais eu estou mais longe e em pouco tempo me olho no espelho do banheiro e não me reconheço, na verdade eu nem te conheço direito, meu caro, mas isso não importa mais. A pele caiu junto com a madrugada e eu me sinto novo e brilhante. Como o gelo que entra e sai da minha boca. Sim, mãe, é porcaria, mas eu não consigo não comer gelo. Lembra quando mordi um copo e você, Carmen, catou os caquinhos de vidro da minha boca? Hoje quem cata os pedaços, mãe? Eu continuo comendo gelo e mordendo copos.

Um moleque me desafia no jogo da velha. Mas eu não sei jogar essa porra, e o moleque não acredita, eu jogo e perco, mas eu não vou pagar. Sou péssimo perdedor, mãe, e você sabe disso.

41.

O carro preto de luxo encosta pouco depois da esquina da Prado Júnior com a Atlântica. Do banco do carona, um lenço vermelho. É o código.

Carmen e Alberto combinaram de me buscar a duas esquinas de casa, às dez horas da noite. Lá está a ruiva balançando o lenço vermelho pela janela. A contrassenha é bastante simples, pegar o lenço e vesti-lo no pescoço. Ignoro o ridículo da situação, assim faço. Logo estou no banco de trás.

Um rápido cumprimento, Carmen quebra o gelo, oferece vodca com limão, engarrafada. Bebo o mais rápido. O constrangimento me alfineta os olhos, mas Carmen não deixa o silêncio ganhar o carro. Alberto quase nunca fala, limita-se a me olhar furtivamente pelo espelho. A conversa gira em torno de trabalho (todos mentem) e outras banalidades.

Quando descemos a escadaria do clube, adornada por

neon azul e espelhos, Carmen segura a minha mão, delicada. Alberto carrega sua careca de meia-idade alguns degraus adiante, tranquilo. Sob a fumaça de cigarros e luzes negras, o lugar é amplo. Cheira a desinfetante. Pegamos uma mesa discreta, perto de um pequeno palco, lado oposto ao bar. Peço um copo de gim. Carmen vai ao banheiro. No fundo do salão, um grande telão transmite o que acontece numa das cabines da casa — uma coroa de quarenta anos chupa dois garotões, um velho lhe lambe a entrecoxa. Quarenta casais das mais variadas idades lotam o clube, que tem o clima familiar de um grande bingo ou de uma churrascaria aos domingos. Conversam, bebem, marcam hora e local para realizar suas perversões, banalizam o fascínio das coisas proibidas. Com a esterilidade erótica de um campo de nudismo, a libertinagem desce burocrática. Ninguém olha o telão.

Rebolando até o banheiro, Carmen tem cabelos ruivos finos e longos. Testada pela vida, é mãe de dois filhos, ainda conserva o corpo esguio e forte.

43.

Minha mãe me faz pensar sobre a vez em que comi uma moeda, daquelas de cruzeiro. Não sei por que diabos eu estou comendo moedas, talvez por falta de doce ou por gulodice. O fato é que boto a moeda na boca, chupo-a como uma bala. Involuntariamente, acaba escorregando pela minha garganta. A sensação horrível de falta de ar, como se alguém me apertasse a glote e a vida me escapasse pelo nariz, me marca até hoje.

Da infância, só conseguimos reter as lembranças mais desagradáveis. Com os pais, em relação a nossa infância, o processo é inverso.

Depois de alguns intermináveis segundos, finalmente engulo a moeda. Conto para minha mãe, com a banalidade oca das crianças. Ela se desespera. No mesmo dia me leva ao médico, tira chapa. E lá está a moeda, no meu estômago.

O doutor vaticina: "Não se preocupe, a criança vai defecar a moeda". E minha mãe, pelos próximos dias, me faz cagar num penico. E confere, com palitos de churrasco, o conteúdo dos meus restos. A moeda escapa, enfim. Tenho até hoje, dentro de uma caixa.

A imagem mais bonita que tenho de Carmen é esta: vê-la remexendo minha merda dentro de um penico, procurando incansavelmente uma moeda com dois palitos, como alguém que se fartasse de comida japonesa. Toda vez que me lembro disso, choro copiosamente, com a culpa de um assassino. Essa é outra das coisas que ninguém nunca vai saber.

47.

"Ele não é lindo?"

Um dos acontecimentos mais tristes que podem existir neste mundo é um bebê feio. Mas desta vez não contrario Carmen, que logo fecha a carteira com a foto do filho e carrega seu corpo largo pra baixo do lençol. Mas não se aquieta, metralha palavras a esmo, contando como havia parado ali, o emprego de balconista, "um saco e só trezentos reais, com isso não dá pra viver, é ridículo esse governo, a gente tem que se virar, mas eu não tenho do que reclamar, tenho uma porção de clientes cativos, eles me tratam bem, pra você ver, hoje já saí com cinco, mas vou ficar aqui contigo, você é legal comigo, gente boa, posso usar o seu celular?, tenho que ligar pro meu marido, pois é, eu sou casada, menino, mas não precisa ter medo, ele não se incomoda, é trabalhador, sabe?, o dinheiro é bom e eu sempre chego em casa com disposição, é, chego em casa e ainda fodo com ele, lavô tá novo, e fodo com disposição mesmo, eu adoro pau, caralho, gosto mesmo, quanto mais eu esfrego em mim mais cliente eu arrumo, porque homem gosta mesmo de cheiro de homem, vocês são todos iguais, uns viadinhos mesmo, mas eu gosto, só que tem uns clientes escrotos, gordos velhos que não lavam o pau, desses eu não gosto, não, mas uns carinhas assim como você, ah, quem me dera ter um cliente assim todos os dias, esse pau gostoso, hmmm, vamo fazer uma bagunça e eu vou te chupar, eu vou, eu vou botar você todo pra dentro".

53.

Virtuosa é a dor que carregam os viúvos. O respeito que o luto traz recupera a decência do sujeito, purga seus pecados, veste seu corpo como um terno bem cortado. Cabeças e vozes se abaixam para a passagem do homem que chora pelo motivo certo — ganha até um certo ar de celebridade. Como uma estrela em luto fechado, tem a admiração de quem vê passar. Mesmo de barba malfeita, embriagado e sujo, o homem que chora pelo motivo certo levanta o pescoço e encara os outros, cheio de honra e caráter.

Mas quando deito na cama, me escondo nas cobertas e choro, quem olha por mim? Quem olha por um homem que chora por excesso de opção? Quem desata o nó dentro de quem quer demais? Quem perdoa esse que confunde tudo, frustra planos, mata o que não chega a nascer? Quem alivia quem não merece? Ninguém vai rezar esse terço. Invejo a dignidade de quem chora de tristeza.

Leio mais uma carta, "minha paixão morreu de inanição", deito ao lado de Carmen compungido, sem saber onde meter a cara. O futuro sem elas não existe, é apenas um tormento distante e negro — carregam-me sob as pálpebras. Carmen diz que sua paixão morreu de inanição. Mas quem escreve uma estupidez dessas sem estar apaixonado?

A criatura mais desgraçada do mundo está na beira do caixão implorando para seguir o caminho da mulher, mesmo sabendo que as crianças precisam dele agora mais do que nunca, mas é diferente, ele sabe disso, ele é um pai, não é uma mãe, ele simplesmente não é. Ao redor do corpo de Carmen, todos pensam que teria sido melhor terem morrido no seu lugar. E teria sido.

Alberto vai entornar mais uma e vaticinar, naquele tom de quem vai dormir sozinho:

"É sob essa desvantagem que nós temos que construir nossas coisas. No dia em que a maioria das mulheres se entenderem, não dessa forma feminista — machista, mas da forma como eu as entendo, no dia em que as mulheres perceberem essa vantagem sagrada, absoluta, inalcançável, nesse dia, meu amor, vocês vão botar pra foder!"

Eu queria estar perto, mas provavelmente estarei em casa de chinelos — regando as samambaias e metendo na nossa empregadinha de dezesseis anos.

59.

Como eu tava te falando, essa geração é estranha, Alberto. As mulheres têm vergonha de foder, a gente tem vergonha de publicar e eu não me lembro de ter visto alguém espontâneo nos últimos cem anos. Tirando eu e você, é claro. A porta vai fechando e tem sempre um chato querendo entrar no bar depois da hora. Eu não quero ficar mais aqui. Ainda tá cedo, onde eu vou depositar todo esse carisma?

Vamos pro baile. Mas tem que ser o baile raiz. Tem que ser o baile da comunidade, essa popularização inversa está manchando o movimento. A pior coisa que pode acontecer com qualquer estética é ser adotada pela classe média. Mas não é isso que a gente acaba querendo mesmo?

O ápice é antes, logo antes dessa adoção em massa. É ali que eu sempre quero estar. O povão tira o molho de qualquer coisa, meu caro. Note bem que é antes, não nunca. Ou seja, pouco me importo com quem não tem pretensão alguma. Ter banda só pra tocar em garagem e livro só pra mandar por e-mail não me importa. Isso é só uma etapa. Eu quero estar ali, antes da glória e na beira do precipício.

No caso do funk, eu e você, Alberto, nós somos o povão. E esses crioulos são lordes.

Pegamos um táxi esfumaçado. Pro morro do Pavão. O táxi rasga o ar pesado da Nossa Senhora enquanto os postes se retorcem e eu não consigo fixar o meu pensamento e o meu olhar em ponto algum. Mas hoje isso não significa nada de mau. Hoje eu sou capaz de cortar o asfalto com as unhas e comer todas as popozudas do ponto de ônibus. Hoje eu assoo meu cérebro e engatinho numa esquina suja de Copacabana.

"Daqui eu não passo", grunhe o motorista.

Dali a gente segue a pé.

E aí, galera responsa do Pavão, tranquilidade, aê? Quem manda é nóis, mané, é o Lado A, nosso bonde tá dominando, só dá a gente. Agora esses playboy tão ouvindo funk e pensa que são funkeiro; eu quero que esses mané vão pro baile passar mal lá dentro. Quero ver encarar o bonde dos mete-bala. Não tem sangue azul certo pra aturar a nova geração do CV. Paz, justiça e liberdade, seus bando de féla da puta. Eu sô o Comandô e não sou comandado, se alguém chegar de gracinha, vai voltar furado! Glória senhor, CV! Sem neurose, tranquilidade total e proteção divina pra gente. A hora de vocês vai chegar, seus cu arrombado e seus amigos das autoridade fudidos. Alô, comunidade vibrante, bonde do 415, caçador de Lado B. Bonde Hassan com Spring Love, Gaiteiro com Homem Mau, se junta isso tudo Cabo Frio quebra geral, nosso bonde é nervoso e ninguém pode acalmar quando a gente invade o zezinho pede pra parar... ...PARÔ.

"Rapá, tu tá ligado que o baile tá bombando, as pepitas tão na área e nós vamo entraê nessa parada. Eu e você, dois mané com cara de judeu, eu de tênis, tu de camisa de botão. E nós se embrenha pelas viela, onde só tem chapa quente, só tem menor valente, a bala come de repente. Sem estado aqui. Sem papai, sem mamãe. A gente entrou no universo deles, Alberto."

Eles tão sempre por aí, nos bondes. Olhamos através dessa gente. Ninguém passa a fronteira. Falam de integração, mas ninguém passa a fronteira. Pra passar você tem que entender. E pra entender você tem que sentir o olhar. O olhar da velha na janela, o olhar da comunidade, o olhar do pixadão te encarando. Ele tá em casa. Você é um intruso, Alberto. Do mesmo jeito que eles são intrusos na nossa rua.

Pagamos o ingresso e de repente a gente some. Um pavilhão, enorme, e um desfile de tigrões, potrancas, tchutchucas, popozudas e pepitas. O som é ensurdecedor, não tenho capacidade pra entender nada. Borrou tudo. Vamos subir pro segundo andar depois de comprar mais bebida e quanto tempo isso demora? Nunca senti tanto calor, Alberto. É calor visual e sonoro, é calor por todos os poros e eu suo em bicas. As calças da Gang molhadas, aquelas neguinhas gostosas que eu nunca comi, esses putos podem tirar onda com a minha cara. Elas desfilam de top, decotadas, as cachorras, as bandidas, as preparadas. Rebolam. Ali pode tudo e eu vejo os crioulos lambendo as meninas, Alberto. Na escada, na pista, na cabine de som. É bonito de ver.

No segundo andar, o ambiente mais vazio. Os sujeitos de fuzil, patrulhando, guardam uma porta. Na soleira, me perguntam, "preta ou branca?". É um sonho, Alberto. Eu quero as duas e você me dá dinheiro, eu nunca carrego o suficiente. Entramos. O gerente pergunta se somos gringos. Dentro do quarto claro, mais gente armada. Um crioulo enorme empunha dois três-oitões prateados. Olhos vermelhos. Eu vejo aquele olhar de novo, mas já estou longe demais pra me preocupar. Eu estou perdido demais pra começar a ter medo. A gente já tinha sumido, ali ninguém me acha mais. Se acontecer alguma coisa, eu evaporo. Passei a linha e posso não voltar, mas estou ocupado demais pra pensar nisso.

61.

A turba de convidados se acotovela por uma taça de espumante e por mais um ou outro salgado com a mesma fleuma com que pisa macio para não acordar mais um ou outro miserável na calçada no prédio onde, sob holofotes e a segurança de uma centena de homens, se inaugura a última exposição do artista plástico de vanguarda, ( ). Depois de vinte anos de sucesso de mercado e crítica, ( ) anunciou a última individual através de seus assessores.

Sua identidade real, um mistério. Nem a própria equipe conhece ( ). Não existem dados confirmados sobre seu sexo, idade, nacionalidade, raça ou credo. ( ) entra em contato com seus funcionários através de cartas sem remetente ou anúncios em jornais. O dinheiro da venda de suas peças é entregue pelos marchands dentro de pacotes de papelão em lugares previamente combinados, latas de lixo, orelhões ou viadutos.

Contratos de sigilo estão assinados com todos os envolvidos que, mesmo que descobrissem a identidade de ( ), prefeririam morrer a revelar o segredo, tamanho o valor da multa pela quebra do acordo. Muitos enxergam uma jogada de marketing na recusa do artista em aparecer. Outros dizem que ( ) transfigurou sua relação com o seu universo exterior numa brincadeira de gato e rato, ou até, dizem outros, em uma obra de arte.

O convite para a derradeira individual de ( ) tem um motivo extra para ser tão disputado. Diz-se que o próprio estará presente na ocasião, disfarçado entre as três centenas de convivas.

67.

Saímos com os saquinhos na mão. Um preto e um branco. Ali tem pra nós dois, Alberto, e nessa hora perco você. Fico com o saco de pó branco na mão.

Esbarro numa cachorra do baile. Carmen me pede que a chame de Bandida-762. Assim que a vejo melhor, sinto aquela contração típica entre as pernas — é tão gostosa que o meu pau apita imediatamente. Ela diz "vem cá". E eu vou, segurando aquela cinturinha, olhos pregados no rabo moldado por lordose, ladeira e feijão.

Na primeira oportunidade, chego junto e a Bandida me dá o beijo mais lascivo da minha vida. Ela chupa minha língua como se chupa um pau e fala absurdos no meu ouvido, "vem cá, meu tigrão, pixadão gostoso". Estou pra explodir enquanto o MC manda bala na montagem. Como é fácil e gostoso estar aqui.

Carmen me puxa pela mão e subimos numa laje. Popozudas de todas as formas e tamanhos fodendo e chupando caralhos negros e cabeçudos. Uma suruba estelar, sinfonia de paus e bocetas. Alberto, isso aqui manda essa geração de angustiados pra puta que os pariu. As meninas, adolescentes de calcinha vermelha, trocam de parceiro rapidinho. A gente não existe perto desses caras, Alberto. Eles são heróis — eles são o mito.

71.

Entro no enorme salão, vejo a cúpula de vidro no céu da construção adornada por gigantescas colunas, finco os pés no chão de mármore e ouço o barulho de copos, passos e vozes ressoar pela redoma e ser cuspido de volta, mais alto e difuso, amplificando as pequenas mentiras cuspidas por jornalistas, sofismas enunciados por peruas, frases aparatosas, eloquentes, sem propósito, sinto-me como se pudesse captar tudo o que é dito, mas não há nada de importante para ouvir. Cutuco o braço do garçom, pego uma taça de champanhe. Ando pelos corredores distraído, tentando aproveitar a comida, o ar condicionado. Bebida grátis.

Na derradeira exposição, as peças de ( ) estão todas à venda, preço de custo. São todas inteiramente construídas com moedas. Existem peças dos mais diversos preços e formatos e as obras são sempre batizadas pelo seu valor. Algumas fazem algum sentido, outras são colagens aleatórias espalhadas pelo chão. Muitas são enormes, ocupam uma sala inteira e custam centenas de milhares de moedas. Outras, minimalistas, feitas com centavos, custam o preço de um copo d'água. Os compradores das peças assinam um contrato que torna impossível a revenda das mesmas nos próximos cem anos, embora elas possam ser desmontadas e utilizadas como dinheiro corrente a qualquer momento. Além disso, ( ) criou uma lista negra de compradores com cerca de três mil nomes. A reação do mercado de arte foi imediata e a polêmica alcançou a primeira página de todos os cadernos de cultura do país e do mundo. ( ) se transforma numa figura internacional.

Na maior sala da exposição, um retângulo monumental de dez metros de altura, esculpido por um milhão de moedas. Circulo ao redor do monolito e ali, num daqueles momentos despropositados e infinitos, conheço Carmen. Dou um passo a sua frente. Carmen se assusta, me percebe, digo algo sem importância. Peço duas taças ao garçom, Carmen sorri, se apresenta com timidez. Andamos lado a lado em volta da enorme construção e percebo que não preciso dizer mais nada, duas, três voltas e minha mão sobe até seus cabelos curtos e pretos, sua nuca branca, os olhos tristes, sombreados. Sorrimos bêbados, "meu marido, ele pode chegar".

73.

A minha Bandida me leva pra uma parede. Nos beijamos e Carmen desce até o meu zíper, abre com os dentes. Pega o saco de pó do meu bolso, tira um naco e entope a minha glande de cocaína. A gostosa cheira e chupa a cocaína da cabeça do meu pau, Alberto. Já estou trincado. Carmen lambuza mais o meu pau com o pó, vira de costas e me fode freneticamente. Eu temo pelo meu freio, mas eu quero mesmo é meter pressão, explodir e arrebentar a vagabunda. A mulher grita, eu só ouço o pancadão.

Ainda fico dentro de Carmen do lado de outros casais e trios por alguns segundos ou horas — não sei precisar. Estou em casa, Alberto. Ninguém ali sabe falar mais do que cem palavras. Ninguém ali tem as mesmas referências que nós temos. Mas eles sabem se divertir e aí estou bem, sem pudores. E te encontro de novo, Alberto. É seu o pau circuncidado onde aquela menina canta. Ela deve ter quinze anos e você é um sacana filho da puta.

Saio cambaleante. Não consigo piscar os olhos, os dentes batem e o caralho dói. O dia amanhece lá embaixo. Tudo está mais confuso do que sempre e, naquela altura da manhã, eu só posso pensar onde estou e é aqui mesmo que eu quero estar.

79.

O sol começa a se esconder por trás dos prédios altos que circundam a praça do Lido, mas as crianças continuam jogando bola, castigando-se em gangorras, correndo umas atrás das outras, passos e pedaladas em fúria, botas ortopédicas levantando poeira, velocípedes zunindo, dando voltas em postes, incontroláveis, atazanando a vida de babás, mães e senhoras que se postam ao redor de tudo, com ar militar, vigilantes.

Quero subir até o alto do escorrega. Minhas pernas se esforçam para alcançar o primeiro degrau da escada de ferro, suja com a terra carregada pelos sapatos das outras crianças. Com algum esforço, consigo me apoiar com as duas mãos, apesar do medo. Tomo a decisão de não olhar para baixo, não desistir sob nenhuma força, mesmo que o sol caia. Chego a me imaginar ali, no escuro, encarando a missão ingrata mesmo depois de todos terem ido para casa ver TV. Todas as atenções da praça se voltam para o meu humilhante desafio, todas as babás, mães e até as crianças mais velhas me encaram, certas do meu fracasso.

A base das pernas treme sob o peso do meu corpo e tento compensar agarrando o corrimão com firmeza. Devagar, subo mais um degrau, outro, e mais um. Minhas mãos marcadas, o chão longe demais agora. Olho para o lado e observo a praça em panorama, os edifícios *art déco* ocupados por tropas e guarnições intermináveis de viúvas e babás, um mundo de mulheres de todas as idades, tamanhos, cores e cheiros, atentas, observando cada pequeno detalhe em cada pequena janela. Por um momento me sinto seguro. Mas a visão da altura me faz suar frio, os pés vacilam, minha coragem recém-conquistada desmorona.

Sinto um leve toque nas costas, um respirar firme chega aos meus ouvidos por trás. O cheiro dos cabelos longos de Carmen, sua voz macia, sua presença enorme, tudo isso me faz relaxar o corpo e agora as mãos grandes de Carmen me seguram e dão o apoio necessário para que eu ganhe os outros degraus e chegue ao topo do interminável escorrega.

Mesmo tendo Carmen ao lado, não tenho forças para ficar em pé e sento no cume do escorrega com as pernas esparramadas ladeira abaixo. Carmen me deixa só no topo da escada e caminha até o final da rampa, pronta para me engolir num abraço fraternal.

"Vem, Alberto! Vem, menino, vem com a mamãe. Vem!"

O som da voz de Carmen me tira o medo. Largo o corpo em queda livre, fecho os olhos e deixo cair. Não me importo mais com os outros moleques, as crianças mais velhas do ginásio, nem com as babás, as velhas viúvas, os pivetes, eu quero mesmo é me perder entre os braços gordos e enrugados de Carmen.

Depois que eu chego ao chão, Carmen tira a poeira do meu uniforme, endireita minha roupa — dois tapinhas na minha bunda.

Compra biscoito de polvilho pra mim.

83.

Vista do bar na Atlântica. Foco a mesa onde converso com Alberto, entre copos de chope. Na mesa ao lado, um grupo de turistas suecos. Acompanhando-os, um séquito de vagabundos cresce pela noite. A contar: as putas, o cafetão, o desenhista rabiscando um retrato, o fotógrafo de polaroide e o mulato da Freguesia que sabe falar sueco. Essas pessoas chegam aos poucos e, de repente, sentam-se e começam a beber e comer na conta dos gringos. A conversa é animada, as putas falam uma mistura de inglês e portunhol, o desenhista desenha os suecos muito mal, o mulato da Freguesia que sabe falar sueco fala sueco e o cafetão, um crioulo velho, nada diz. Nos bancos de concreto ao lado do restaurante, espreitam os gringos: o traficante barato, os malandros e o assaltante. Uma mesa de gringos num restaurante à beira-mar em Copacabana pode converter-se num ecossistema completo em questão de minutos.

Ao lado do ex-lavador de pratos, uma das putas me

olha discretamente. Está com as duas pernas sobre as coxas de um dos suecos que, como se espera, tem mais dinheiro do que eu. A mulher tem a pele tão negra que absorve toda a luz dos postes, da rua, dos carros que passam, e o resto da existência fica mais escuro enquanto ela brilha mais. Seu vestido azul decotado guia meus olhos ao seu colo e em pouco tempo eu nada mais posso ver. Alberto fala sobre os peitos, os suecos falam sobre peitos, o mulato da Freguesia ex-lavador de pratos que sabe falar sueco fala sobre peitos em sueco e até Carmen fala sobre peitos, mas dentro de mim.

Alberto brinda com um clichê:

"Às mulheres! Essas pequenas eternidades."

Engulo o gim num gole amargo. O efeito do álcool subindo pelas costas é a melhor sensação do dia. Lembra Carmen dançando nua em casa.

"Porra! Quando eu era moleque e ficava assim, sabe o que eu fazia? Eu ia dormir e ficava imaginando as mulheres que eu ainda iria ter. Porque todas elas estão aí, flutuando sobre nossas cabeças, andando pelas ruas, respirando esse mesmo ar, sob esse mesmo céu. Todas estão acordadas agora, você entende? Elas já existem. Já está acontecendo. Suas brigas de ciúmes, o passado que um dia vai te atormentar, está acontecendo agora enquanto estamos bebendo aqui. Você já parou pra pensar que o seu passado no futuro é hoje? Elas já nasceram. Já estão por aí, manchando calcinhas. E você vai amar cada uma delas. Vai amá-las com desespero, até se esquecer desse dia, se esquecer dessa Carmen, se esquecer dessa crioula peituda, se esquecer do seu amigo aqui. Você vai beijar com devoção a boca que hoje lambe o saco de um imbecil, vai enfiar a língua no rabo que está cuspindo merda agora, nesse momento. Tudo está acontecendo agora, porra! Essa merda é um presente eterno, você percebe que não faz diferença? A eternidade é agora. Se agarra nelas, animal! Mas se agarra nas vagabundas que você ainda não conhece. Quanta boceta ainda tem nesse mundo pra você cheirar?"

Quando Alberto começa seu discurso sobre o que devo pensar, levanto, esbarro em cadeiras, nos suecos, nos peitos, passo pelo desenhista rabiscando um retrato, pelo fotógrafo de polaroide e pelo mulato da Freguesia falando sueco, me equilibro até o banheiro apertado e imundo do bar. O bauru desce inteiro entre meus dentes.

Carmen sempre disse pra eu não comer ovo frito à noite.

89.

Calço os chinelos e visto o roupão. Num vestiário simples, troco de roupa, entro. Um globo de espelho reflete luzes coloridas pelos corpos suados de louras, morenas e negras, todas vestindo biquínis minúsculos. Algumas têm mamilos à mostra. A luz negra faz brilhar seus dentes — as crioulas têm bocas e dentes mais bonitos, sempre. Rebolam com o som alto e o ritmo do bate-estaca. Entre a fumaça de gelo-seco eu posso ver com detalhes brilhantes os poros, espinhas, maquiagem barata, cabelos alisados, rabos e pélvis em fúria das meninas — cleo, kelly, jade, andressa, sandy, dani e mais uma coleção de nomes e mais nomes de fantasia em letras minúsculas. Em cada uma delas, um universo de histórias, paixões, amor e creme rinse a ser devassado. Namorados italianos, presentes caros, joias, filhos perdidos com os avós, surras, carreiras de cocaína, psicotrópicos, motoristas de táxi, romances furtivos, marcas de faca, roxo na cara, nojo, múltiplas personalidades, depressão, euforia, satisfação garantida, esporro na cara, "no cu é mais caro", "me solta, me solta e tira a mão de mim, seu filho da puta", "meu amor".

Sento-me numa das cadeiras. Uma plataforma de meio metro se ergue no meio do salão e dá passagem às performances eróticas das meninas que se manipulam com vibradores-lanternas, lambuzam-se com gel e, sofregamente, simulam sexo com o ar, com as barras de ferro presas ao chão ou com algum cliente eventual. Pago um drinque a uma das meninas que se senta ao meu lado e brindamos juntos. Entre abraços e a mão alisando as minhas bolas, tenho a visão de Carmen rebolando e enfiando um daqueles vibradores numa boceta arreganhada. Sob aplausos, Carmen chama um dos fregueses e começa a passar sua língua nos pelos do peito do sujeito. Enquanto isso, rebola languidamente. Outros clientes sobem à plataforma e começam a escancarar sua boceta, lambem e enfiam alguns dedos, sempre por trás. Fazem festa. Carmen abre seu corpo para visitação pública. Em pouco tempo, um deles, o velho grisalho, enfia a mão no buraco elástico de Carmen, que pede mais. O velho enfia o braço, Carmen pede mais, o público aplaude e os graves do som ficam cada vez mais fortes e rápidos, é ensurdecedor, Carmen urra de prazer, o velho começa a sumir dentro do seu corpo, já tem a cabeça, os dois braços e metade do tronco, Carmen arrebita ainda mais sua lordose em direção ao público, como se pudesse engolir a todos, que gritam "fode ela, porra!". Tudo é embalado por uma percussão cada vez mais forte. A secreção vaginal de Carmen banha o chão da plataforma, é um caldo grosso, o velho some, perdido nas entranhas de Carmen, que grita e sorri, grita e sorri de felicidade, seus dentes brilham, e outro homem, um garoto, se embebe de gel para entrar na sua boceta, e eu percebo que o homem que Carmen acaricia e continua a lamber o peito, agora os mamilos, é Alberto, porra, é Alberto, seu cabelo grisalho, a barriga decadente. E acordo nos braços da puta:

"Dormiu, neném?"

97.

Encosta o carro à direita e tira a carteira do bolso. Raspa o fundo e me entrega todas as notas, mãos trêmulas. Não tenho tempo para esboçar reação até que Alberto diga:
"Vai e guarda isso. É segredo, você nunca nos viu antes. Nunca."
Bato a porta do carro sem me despedir e ando até a portaria, mas não ouço o carro partir. Alberto abaixa a cabeça, pressiona a testa contra o volante e chora sua raiva sem brio. Seu fígado despeja bílis por dentro de si, como um bálsamo que pudesse ajudar a refrescar suas fantasias insanas, a culpa enorme que faz tudo o mais ficar menor, até o amor pela mulher. Mas Alberto nunca vai apagar nada porque as lembranças simplesmente não se apagam, acumulam-se. Alberto vai largar a mulher e se arrepender caninamente, mas ainda não sabe disso.
Espreitando na portaria, vejo Alberto levantar a cabeça e dar partida no carro. Abaixa os vidros e deixa o vento secar seu rosto.

101.

O cinema passa um filme em preto e branco. Um Roxy gigantesco e rococó, enormes escadarias de mármore, camarotes, labirintos, cadeiras em declive. Subo a escada íngreme, de pequenos degraus, e procuro um lugar entre a multidão sem rosto. O cinema é um abismo onde o chão não se encontra com a vista — sinto que posso cair a qualquer momento. Depois de me sentar e beijar Carmen, vejo a enorme tela do cinema. Estou no filme, andando por uma rua cheia de árvores. Olho para o lado e Carmen não está mais lá.

O que faço: caminho até a casa de Carmen, no Bairro Peixoto. Ela me recebe em casa.

"Meu amor, você pode me esperar? Vou tomar um banho."

Sim, sento na cama. Ouço o som do chuveiro. O personagem começa a remexer as coisas de Carmen. Sem saber o que procurar, os dedos percorrem gavetas a esmo. Calcinhas, cadernos, papéis e livros. À medida que me vejo na tela do cinema, a vertigem aumenta, e o Roxy tomba nauseante, de um lado para o outro.

De súbito, uma caixa desgastada, envolta por um laço. O chuveiro ainda cai, ouço seu eco pelo corredor. Tenho tempo, o apartamento vazio. Abro a caixa com cuidado para não estragar o laço. Sei tudo sobre Carmen. Seus casos antigos, como se fossem meus. Nossas lembranças se entrelaçam, eu e Carmen caminhamos rumo à simbiose. Não há segredos nem meias palavras. Andamos juntos no labirinto. Meu controle é total.

Com cuidado, jogo o laço sobre a cama. Dentro da caixa, cartas e mais cartas. Os filhos da puta eram poetas, veja só, *poetas*. E, no cinema, grito em maiúsculas: POETAS, PORRA!, e o grito ecoa durante algum tempo.

Minhas mãos frenéticas dentro da caixa, quero mais.

Eu encontro. Sempre vou encontrar.

103.

Sob o peso do meu corpo, Carmen cochicha: "Quando for gozar, me avisa. Me avisa antes". O casal tem regras bem definidas de conduta, uma disciplina rígida, discutida à exaustão. Alberto não gosta de ver os parceiros do casal gozando em sua mulher e essa parte precisa ser feita no banheiro, longe do alcance dos seus olhos. Quando canso minhas pernas, vamos e fechamos a porta. Sento na privada enquanto Carmen manipula meu membro com precisão profissional. É um exagero. Depois de emporcalhar a cara maquiada de Carmen, que jamais perde a categoria, nem limpando porra dos olhos, lhe faço uma pergunta. O som da televisão ligada reverbera pelo quarto de motel.

"Ah, acho que a gente só sente vergonha do que não entende. Se você apenas vive e experimenta a vida por aquilo que ela é, não sente vergonha. Não sente. O problema é que, às vezes, sentir vergonha faz parte do tesão. O jeito como você me olha. Eu sinto mais vergonha de você que do Alberto. O seu olhar me envergonha, mas, ao mesmo tempo, eu fico cheia de tesão. Porque eu não sei direito o que você pensa. Você entende? O Alberto, eu sei tudo dele. Shhh, vamos voltar pro quarto."

Bota o dedo indicador na minha boca, indicando silêncio com a doçura de uma professora ginasial. Depois me limpa com o chuveirinho da privada, saca uma toalha branca de um saco plástico e me seca com cuidado:

"Você tem sempre que secar a parte de dentro. Vai acabar ganhando um fungo aí."

107.

Apoio meus pés na calçada, espero o sinal enquanto uma pequena multidão de carros carrega por trás de si o rastro nebuloso de buzinas e motores. Pneus expulsam a água de poças sujas, encharcam minhas meias. No chão ao meu lado pousam dois pequenos pés, quase nus. Como se pudessem esquentar-se ao lado dos meus sapatos, chegam mais perto e me encaram de soslaio.

Os pelos claros que cobrem as pernas se arrepiam com a chuva e o frio. Uma bermuda de brim muito curta, uma blusa apertada e é só. O corpo púbere de Carmen tem ossos compridos, pontudos. Joelhos e ombros marotamente arrebitados. Cabelos amarelos, presos num coque molhado. Carrega duas sacolas, supermercado para a avó. Aceita e desaparece sob o meu casaco.

"Mas você não vai ficar com frio?"

109.

O táxi corre pela Barata Ribeiro enquanto Carmen apoia a cabeça molhada no meu ombro. O cheiro da água mistura-se ao suor ácido que escorre pelo seu rosto febril. Dizendo coisas sem sentido e se contorcendo pelo banco, Carmen abre as pernas e coloca minha mão sobre sua coxa, um poste de concreto grosso e rijo. Seu corpo relaxa entre os ombros e sua língua busca meus lábios, tateia meu pescoço, chupa minhas costas, áspera. Meu rosto se perde entre os peitos enormes. Tateando seu corpo, descubro o que a bebida insiste em me negar. Carmen está de pau duro.

113.

Carmen controla totalmente a ação. Sem saber o que colocaram na bebida, me envolvo entre os dois sem muita distinção. A lembrança de Alberto me causará nojo, mas ali nada sinto além do vácuo da droga que, como um antisséptico, me ajuda a estar. Os corpos se movem como sombras e logo posso perceber minha ausência entre os poros. O vazio refresca.

Carmen me manda deitar com as costas na cama e Alberto deita também, mas com a cabeça para o outro lado. Abrimos as pernas. Com o jeito despudorado com que se junta um buquê de flores, Carmen agarra nossos membros como se fossem um só e ensaca-os em um preservativo enorme. Logo ela cavalga sobre nós dois, a pressão sobre meu pau é inconcebível, e a bebida, não sei o que há na bebida, a vontade é de vomitar sobre o corpo de Alberto e sua meia-idade careca e engravatada, ali com o cacete grudado ao meu, humilhado como um cão.

Alberto, imóvel naquela posição ingrata, olha fixamente o teto. Enxerga o rosto fechado do pai, que lhe diz coisas que não se escrevem, coisas que eu não posso escrever aqui nestas páginas, coisas que nem devem ser lembradas, e o pai lhe diz tudo isso sob o ritmo marcado da cavalgada da esposa.

127.

Alberto, antes de entrar no bar, pede um suco de açaí. Janta frugalmente — um pacote de biscoito ou um salgado, nada mais. A má alimentação tem vantagens, o efeito da bebida é mais rápido, sem obstáculos entre o álcool e a parede do estômago. Gasta-se menos. O efeito colateral normalmente vem no dia seguinte. Mesmo assim, vomitar sem nada no estômago é menos doloroso. Alberto se sente limpo, sempre mais limpo do que quando começou.

Bebe quantas horas ou copos forem necessários para lhe tirar o peso das coisas. Quer separar sua alma do objetivo. De madrugada, fraquejando, troca dedos, confunde letras, e o monitor embaçado faz seus dedos costurarem frases confusas que Alberto não vai entender. Está fora de controle. O pensamento jorra viscoso, borbulha numa caldeira fervente. E Alberto vive na tentativa de garimpar algo que preste entre essa enxurrada que sobe pelo seu pescoço e o engasga — até que vomite. Às vezes dá certo e Alberto foca a distância entre a fugacidade da ideia e o que acaba conseguindo escrever. Alberto precisa mirar essa encruzilhada eterna refletida em mil espelhos, todos eles do tamanho da sua inconsequência. Essa é a trilha que deve cavar — mesmo sabendo da impossibilidade de traduzir com exatidão o que se passa. A necessidade de expor tudo é imperativa. Alberto sente fome pelas palavras e conjectura sentenças que nunca irão encontrar papel enquanto anda pela rua, procurando em que pensar.

O melhor que Alberto já escreveu é o que nunca conseguiu escrever.

131.

Eu e Alberto saímos do Cervantes em direção a uma boate no Lido, onde *shoegazers*, publicitários e babacas em geral se unem a putas e travestis porque isso é cool. Assim que abro a porta, vejo Carmen iluminada com um spot de luz. Linda, casual e branca como uma estátua. Sou capaz de identificar, entre toda a fedentina do lugar, o cheiro doce e amargo entre suas pernas. Está lá. Vou molhar minha surpresa no bar, qualquer coisa com vodca.

Logo no primeiro gole a ação passa do frenesi à lentidão. A estroboscópica piscando, luzes coloridas deixando rastros pelo ar esfumaçado, marionetes balançando os braços, figurantes conversando, o burburinho da pista — tudo em câmera lenta. Eu me vejo em plano americano, a pista de dança tem um enorme espelho que uso para tentar controlar a situação, como um grande painel. Carmen no bar com o marido inválido, Carmen dançando com a parede,

Carmen me encarando pelo reflexo, Alberto tocando guitarra com o ar e eu em algum lugar fora do quadro.

A chegada dela com o sr. Cadeira de Rodas foi uma reviravolta — o gênero ainda por definir. Tento improvisar, mas estou bêbado demais. Apoiado no bar e olhando para o espelho, me vejo andando até o centro da ação, cumprimentando efusivamente o marido, o ex-marido, o outro, meu ex-amigo. Eu me vejo tocando no seu braço, Carmen me encontra, desanimada. Preferia que eu não estivesse aqui. Como uma lâmina cortando o ar entre nós, o limite está perto.

Dividido em dois, me vejo cochichando no seu ouvido no meio da pista de dança. Da bancada do bar, não posso ouvir o que digo, a música encobre as vozes. Ficamos conversando durante algum tempo. Vigio o marido inválido, entretido com alguma outra conversa, quase ao meu lado. O controle é frágil e depende de mim. Tento dirigir aquela cena sem ensaio.

Um close — eu e Carmen na pista de dança. Nos movemos estranhamente, percebo desde o bar. Beijo-lhe a mão. Não se mexe, o marido a metros dali. Carmen sorri sem graça, os lábios entreabertos, coloco uma câmera sobre o meu ombro pra pegar melhor. Está tão perdida quanto eu. Um abraço e me esforço pra tentar entender o que estou fazendo. Não consigo. Talvez consiga depois de ver o filme pronto e montado. Seguro o corpo pequeno de Carmen pelos braços, já não oferece resistência alguma. O marido percebe algo de errado. Alguns segundos de silêncio entre os dois e eu continuo sem saber o que estou fazendo, mas o que importa é filmar, registrar — depois eu leio os lábios.

Estico o pescoço para ver melhor a cena. O namorado empurra sua cadeira devagar, as pessoas viram-se para nós dois, e eu ainda tenho tempo pra dizer alguma coisa antes de acabar o rolo. A câmera pega um dos olhares impossíveis de Carmen e, em contraplano, eu digo baixinho aquelas coisas de amor, que não se dizem assim.

Vejo-me levando o corpo pequeno de Carmen pelos braços, abrimos espaço entre as pessoas e saímos correndo da boate para a escuridão da praça do Lido. Antes que o marido chegue muito perto, empurro a cadeira de rodas, sem remorso. Chuto-lhe a cara — sou um covarde. Uma pequena multidão estupefata nos acompanha por alguns metros, mas logo estou só com Carmen. Um longo plano-sequência nos acompanha desde o alto e agora corremos pela Nossa Senhora de Copacabana. Sob uma noite clara, a câmera filma o relógio marcar a madrugada. Subimos no primeiro ônibus em direção ao primeiro lugar longe dali. Antes de passarmos pela roleta, chupo os seus lábios com força. Nossos olhos, cúmplices silenciosos. Carmen chora e eu sinto orgulho disso. Eu preciso de uma mulher que chore por mim.

Uma câmera fixa passa a filmar o escape do ônibus, que some na esquina com a rua Princesa Isabel.

Depois de tomar o primeiro gole de vodca no bar, vou ao banheiro. Na volta, Carmen não está mais lá. Naquela noite, voltando trôpego, percebo que não cheguei a falar com ela.

137.

Durante as pausas não existe assunto, ela simplesmente se encara pelos meus olhos. Carmen me olha como uma criança através de uma vitrine, sem justificativa. É inútil perguntar ou responder.

Existem coisas que um homem precisa aceitar, como trabalhar, brochar e morrer. A mais difícil de todas é o olhar feminino. Questionar a mulher sobre isso é frustrante — principalmente quando ela realmente se dispõe a tentar explicar. Por muito tempo a minha mente retilínea quis entender, e perdi momentos com perguntas, um grande erro. No fundo, o inexplicável olhar feminino é uma das coisas que diferenciam uma mulher de uma portadora de boceta.

Talvez fosse melhor perceber a mulher com a passividade que temos no entendimento das coisas mágicas do nosso cotidiano, como a chuva, a TV e o telefone — dispositivos que funcionam plenamente sem arranhar um fio da nossa compreensão.

Carmen e Alberto

Carmen precisa comprar detergente. Lavar louça com sabão de coco é o fim da picada, coisa que nem a avó de Carmen faz mais. Carmen precisa comprar um daqueles detergentes biodegradáveis que não fazem mal à pele. Os detergentes vagabundos, daqueles que Alberto gosta de comprar, acabam com a sedosidade das mãos. Mas Alberto é foda, só pensa em comprar o detergente mais barato da prateleira. E depois, quando Carmen fica com as mãos ásperas, Alberto reclama. Alberto é foda.

Carmen pensa nisso no meio de um trabalho, quando vê a cozinha de relance. O apartamento é um conjugado espaçoso, com janelão, e está recém-pintado. Alberto pintou o apartamento. Demorou dias. Até que Alberto é um cara legal, podia ser muito pior. Carmen já sofreu muito na mão de homem. Mas esse cara trata Carmen com carinho, ajuda a cuidar da casa e, quando ela não está legal, vai à locadora e pega um filme daqueles que Carmen gosta, cheio de emoção. Alberto prefere filmes de ação e tiros, daqueles com drogas, perseguições e japoneses. É muito bom quando eles veem filmes juntos na cama, comendo pipoca de micro-ondas com o ar-condicionado ligado de tarde. Carmen pode ficar com Alberto por dias e dias em casa, vendo filmes e comendo besteira. Carmen adora comer pizza. Alberto gosta de vitamina mista e suco de açaí com granola. Carmen e Alberto formam um casal agradável de ver.

 O cliente pede para Carmen sentar de costas sobre Alberto. Ele está com os dois pés no chão, sentado na cama. Carmen está de cócoras, a posição não é muito prática. Dali, Carmen vê a cozinha e pensa no detergente. Alberto é foda. O cliente está ajoelhado no chão e começa a lamber Carmen e o pau duro de Alberto, que entra e sai de Carmen. O cliente lambe o saco de Alberto e manda Carmen rebolar. O cliente quer que Carmen faça Alberto gozar para que ele possa chupar a porra em Carmen, mas ela está meio de saco cheio de trepar. E Alberto demora pra gozar. Alberto é foda.

 O cliente chegou de terno, cheiradão, e já veio de pau duro, dando ordens. Carmen odeia esse tipo. Alberto diz "peraí" e manda Carmen ficar de quatro na cama. Alberto começa a meter devagar e o cliente deita por baixo de Carmen, com a cabeça próxima à sua boceta. O cliente manda Carmen abaixar um pouco os quadris para que ele possa chupar o clitóris de Carmen enquanto Alberto enfia o pau. O pau de Alberto é grosso. O cliente gosta e se masturba. Na verdade o que o cliente quer é ver Alberto gozando em Carmen e na sua boca. O cliente quer ficar com o restinho. Carmen acha esse cliente tarado demais.

 A operação toda é complicada, mas Alberto é paciente. Muito mais do que Carmen, que, pra agilizar o trabalho, resolve dar uma ajuda ao cliente. O cliente tira a mão de Carmen do seu pau. Despreza Carmen. Ela abaixa a cabeça e olha para o olho do cliente e pensa que ele deve ter uns cinquenta e poucos. Carmen e Alberto *têm vinte e dois anos. Carmen acha o cliente meio parecido com o seu pai. Enquanto arregaça seu corpo para Alberto e é chupada pelo cliente, Carmen nada sente além daquele vazio e olha pra cozinha, pensando que precisa comprar detergente. Daqueles que não deixam as mãos ásperas. Alberto é foda.*

139.

Sobre a plataforma giratória, elas se contorcem como cobras, escancarando segredinhos para as janelas em torno do palco. Dentro de cada cabine, um porta-fichas, um rolo de papel higiênico e uma cadeira, o suficiente para uma rapidinha solitária. Grudo o rosto no vidro e grito o nome rouco de Carmen. Os vultos dentro dos outros abrigos interrompem seus movimentos e tentam enxergar minha cabine, mas o vidro fumê não permite. De novo, grito mais alto, "vagabunda!". Carmen está de costas, com a cabeça junto à panturrilha esquerda, e pode me ver entre as pernas. Enfia um dedo no rabo e com o dedo médio da outra mão me indica o que fazer da vida. Continua executando sua dança e arregaçando. As mulheres giram como se estivessem num carrossel. Nunca subi num carrossel.

Numa tentativa bêbada, quebro o copo no vidro. Uma onda forte de calor concentrada na boca e logo vem o gosto de sangue. Chupo minha língua e seguro os dentes com a mão. Sob pontapés ganho a rua, perco a noite.

Carmen e Carmen continuam girando e girando lá dentro com seus pelos e mamilos ouriçados pelo ar condicionado.

149.

Viro a esquina, a rua molhada cheira a peixe — hoje é sexta-feira. Um despacho ilumina meus pés com velas vermelhas, galinha e vinho barato. Troco de calçada, penso em me benzer, *não adianta, pra quê, por quem?*, e logo vêm os olhos fundos de Carmen, coberta por um pano roto, toda preta, um metro e pouco de humanidade, pernas finas e com a voz rouca:

"Se o tio der dez real eu tiro foto."

Carmen entra no chuveiro, se despe só. Junto os trapos e jogo na banheira, junto com minhas roupas. Ligo a água, jogo sabão, fica de molho. O cheiro imundo começa a se esconder por trás da água — quente, embaça os espelhos. Carmen gosta do calor. Tiro o peso das mãos para lavar o seu cabelo, uma massa espessa de sujeira e areia. A água desce preta pelo ralo. Carmen ri, brinca. Pego uma bucha, ensaboo, esfrego seu corpo magro. Depois de tudo, Carmen faz o mesmo. Me limpa. Já soltos, os cabelos de Carmen escondem minha mão. Carmen recua o pescoço para trás, me oferece a goela. Chupo seu pescoço, lambo a pele lisa. Carmen se contorce, dá as costas. Seguro seus ombros e vou. Carmen lembra uma pequena escultura de mármore escuro. Por dentro, é fria.

Pago cinquenta, dou umas roupas limpas, Carmen sai cantando um funk. Quando for tirar as roupas da banheira, eu vou vomitar.

151.

Cabelos longos, negros, traços fortes. Finco os pés na terra. Isso é agora, Carmen entrou na categoria de acontecimentos eternos. Define coisas em mim. Sempre se repete, cada vez que se lembra, cada vez mais doce, talvez menos intensa, mas nunca distante. Carmen, Carmen, Carmen, Carmen e todos esses nomes inventados, eu só preciso olhar pro lado pra ver vocês, que me seguem, que me buscam, que me chupam ou me injetam sangue em sonhos nítidos como a imagem do pátio, adornado pela mata e pela imponência de uma escola francesa. Eu vejo e vivo vocês em círculos, girando e voltando quase ao mesmo lugar, mas de um jeito inesperado que me faz ver a mim e a vocês de forma diferente, e isso me alivia, me tira o peso, me faz voar e perder o medo, e como eu agradeço a não--sei-bem-quem poder ter vocês sempre por ali, num playground mágico, um lugar aonde eu sempre vou poder voltar a qualquer momento, não importa onde estiver. Vejo num planalto vocês todas conversando, bebendo e comendo sobre uma grama muito verde e plana, o dia amanhece, acordo em estado de torpor, é óbvio, eu existo nessa função, um apêndice de vocês. Vocês me definem, vocês sabem quem eu sou, vocês me fazem o amor, não existe autonomia, eu não tenho poder algum. Eu só existo ali, nas suas conversas e lembranças, eu só existo em ser algo a que vocês vão recorrer em algum ponto, eu só me justifico nisso, eu só me sinto assim.

    Essa procura pelo meu reflexo dentro dos seus olhos representa o caos. Paixões corriqueiras e semanais — eu estou sempre disposto a largar tudo e me perder dentro do espelho. Eu estou sempre abrindo portas e jogando tudo pra depois, perdido entre lençóis sujos, cabelos pintados e uma infinidade de cheiros de mulher. Perdido entre uma vontade enorme de abraçar todas vocês e um enorme medo de perder tudo isso que eu quase tenho.

157.

As manhãs seguintes são um inferno. Logo em frente à janela, um andar acima, aulas de balé para crianças. De ressaca, desperto com o som tremulado de um piano tocado ao vivo por uma velha com olhar perdido nos anos 40. As cortinas não são suficientes. Morando no penúltimo andar, preciso de um tapador pra esconder o sol. Nunca vou comprar e acordo sempre por etapas, entre sobressaltos. Depois de me limpar, tomo duas neosaldinas e uma lata de cerveja. Um ferro quente se equilibra no topo da minha testa.

De manhã, com sorte flagro pela janela alguma mulher trocando de roupa. Como páginas de uma revista em quadrinhos, as janelas se espalham pelo pátio interno do prédio. As meninas cortando os cabelos e, abaixo, uma criança joga videogame. Duas janelas depois, um homem fala sozinho e cheira cocaína antes que a mulher chegue em casa e seja recebida com sua ração diária de sopapos. Essa dose extra de realidade só faz minha luta pra manter os pequenos momentos eternos com todas as encarnações de Carmen ainda mais ridícula.

Nessa tarde não encontro Carmen. Ela cansa de me esperar, resolve sair com amigas — ou com Alberto.

167.

Um envelope bem fechado, grampeado, fitas adesivas. Dentro dele algo retangular. Pelo som do chuveiro, Carmen acaba de entrar no banho — mais uns vinte minutos, calculo. Os dedos trêmulos rasgam o envelope, grampo por grampo. Dentro dele, outro envelope, menor. Uma inscrição: POR FAVOR, NÃO ABRA. Imagino o rosto preocupado de Carmen escrevendo isso e tenho pena — não sei de quem. O cinema continua a balançar sua plateia lotada, indiferente, e fico nervoso daquele jeito antes de perder o controle. Não desgrudo os olhos da tela, quero ação. Penso em sair dali, mas nem sequer consigo levantar.

Uma fita de vídeo comum. Nenhum adesivo ou explicação. Tenho pouco tempo até Carmen voltar e aperto PLAY — é só o que posso fazer. No vídeo, reproduzido na tela do cinema Roxy, gigantesco e rococó, enormes escadarias de mármore, camarotes, labirintos e cadeiras em declive, Carmen está mais nova, cabelos curtos, um pouco mais magra, uniforme do colégio. Sentada numa rede, na varanda de algum apartamento no Leme, ela acena para a câmera e sorri aquela beleza brutal e crua. Reparo nos detalhes do cenário e da sua roupa enquanto Carmen chega mais perto da tela. Não há som.

Agora Carmen e seus cabelos negros, divididos ao meio, são filmados de cima. Ela levanta a cabeça, sorri, a imagem abre. Um par de tênis sujos, camiseta branca, calça jeans, Carmen arranca o cinto, abre lentamente o zíper. Está de joelhos sobre um chão de mármore cinza. Abaixa as calças do câmera, a imagem fecha num close, abocanha um pau flácido. O cinema chacoalha. Chupa e lambe com a fome de um pivete. Enquanto acaricia as bolas com uma das mãos, usa a outra para apontar o pedaço de carne até sua boca aberta, língua pra fora. Carmen vai e volta com a cabeça, do jeito que eu chuparia um pau, se eu chupasse paus. O sujeito some dentro da sua boca.

A imagem fica mais tremida e o close é maior. Só vejo o nariz angulado de Carmen e suas sobrancelhas cerradas. Os jatos de porra emporcalhando seu rosto. Carmen abre um sorriso e pede uma toalha — posso ler os lábios. A filmagem acaba, entra uma gravação velha de algum filme qualquer. No fim do corredor, a água para de cair do chuveiro e a imagem do filme distorce lentamente. Pontadas na barriga contorcem o corpo do meu personagem, não consigo levantar. Sentado no cinema, sinto o mesmo que o meu ator sente na tela, junto com ele, o contato das lágrimas caindo pelo rosto. A dor logo ultrapassa algum ponto e transforma-se em dormência total e irrestrita. Ao mesmo tempo que não consigo fixar o olhar e o pensamento em ponto algum, me sinto lúcido — os espasmos de dor me mantêm com os olhos esbugalhados, abraçado a mim mesmo enquanto imagens correm pelos meus olhos num videoclipe eterno e miserável. Quero roubar o passado de Carmen, apagar suas lembranças.

Bato uma porta e desço as escadas cambaleantes até a rua. Corro sem direção pelo labirinto que se cria a minha volta, tento evitar o vômito pedindo passagem. Não posso mais: lavo o chão da rua com o meu orgulho — cai em jatos enquanto as pessoas fixam olhares longe de mim. A imagem na tela do cinema me envergonha, mas a plateia continua indiferente. Como uma gozada, regurgitar fez que me sentisse melhor e levanto a cabeça. Limpo o resto de comida com a camisa e entro num boteco. Preciso de uma bebida, sempre. Subo no primeiro ônibus.

173.

As melodias curtas se atropelam e entrecortam, sem fim ou início definido, em progressão esmagadora, no ritmo de uma percussão grave e muito alta que desloca o ar e empurra o peito, com a mão fechada de um soco. A repetição indistinta dos sons, que se alternam aos poucos, até o ponto de não podermos distinguir onde começam e onde terminam, ajuda a compor um mantra em ritmo marcial que hipnotiza o público. Movem-se desconjuntadamente — centenas de organismos isolados, cada um dando a sua própria cadência ao andamento propagado pelas gigantescas caixas de som.

Debruçado sobre o peitoril de um dos balcões do cinema, concentro meu olhar na redoma de espelhos que refletem pequenos feixes de luz por toda a nave. O som, multiplicado pelas paredes de azulejo, reverbera e corta o ar como os feixes de luz, como se estivesse sendo propagado em ondas, ciclos, pequenos pedaços de informação flutuando e ganhando espaço entre a fumaça.

Sinto um toque no meu ombro. Alberto é das poucas amizades que eu gostaria de conservar, mas isso parece impossível agora e não me importa. Mantemos a distância saudável de dois observadores da vida alheia.

"É, rapaz..."

O aditivo começa a fazer efeito e eu gostaria de me concentrar nas luzes. Vejo olhares me cobrando respostas e mãos sobre a mesa, mas eu não sei o que dizer e, mesmo que soubesse, não faria diferença alguma. Eu quero poder olhar a minha própria merda e não ficar remexendo a dos outros.

"Não sei, eu e ela ficamos viciados em estar juntos. A gente não questiona esse tipo de coisa."

Sigo emitindo comentários inúteis às reclamações de Alberto e bebendo seu drinque. Aos poucos, como quem invade um território estrangeiro, me apodero do copo, até mantê-lo definitivamente sob meu domínio. Resolvo encarar a conversa como uma permuta da minha paciência pela bebida dele.

Em alguns minutos, Alberto vai tentar me beijar. Sei disso e continuo ao seu lado, como num filme ruim.

179.

Enquanto falo qualquer coisa, Carmen me encara pelo espelho do teto. Dessa vez sou eu quem discursa rápido, emendando ideias umas com as outras, inserindo juízos de valor e comparações absurdas enquanto acaricio o corpo largado da outra mulher e aprisiono minha prole num nó de camisinha. Pouco antes, lá estava eu cavucando algo dentro de Carmen, como quem caça um siri na lama. O problema é nunca saber o que se procura.

Carmen cala e aperta seu rosto contra o meu peito. Coloco a mão entre seus cabelos cacheados, sinto seu peso. Se eu tivesse ficado acordado, veria que ela não dormiu durante aquela noite curta. Levou as horas passando a ponta dos dedos sobre o meu corpo descoberto, desenhando coisas que só ela viu. Entre os caminhos que fez com os dedos, Carmen encontrou algo que a fez chorar.

Eu dormia o sono negro e vazio dos homens, e essa é outra das coisas de Carmen que eu nunca soube.

181.

O céu amanhece enquanto estou na calçada, olho para o alto, espero seu sinal. A calcinha flutua como uma gaivota desde o nono andar e pousa sobre o bueiro molhado. Sob a vista sonsa do porteiro da manhã, pego o pedaço de pano, branco e rendado, levo ao rosto. Sinto o coração de Carmen batendo forte, como se ecoasse no meu próprio peito.

Dois tostões ao porteiro e subo até a cobertura do prédio em frente — a visão é frontal. Carmen abre as cortinas, vejo a cama de solteiro, a geladeira, o par de antenas da TV. De frente para mim, Carmen se apoia na sacada e abre as coxas empapadas. Aponta o rosto pra cá, mas não me encara diretamente. Encosto a garrafa na mureta baixa, na altura dos joelhos. Dou um gole. Ainda está cedo, os vizinhos dormem sob janelas fechadas. Quando o sol começa a esquentar as telhas da cobertura, eu tiro a camisa e me acomodo para ver melhor.

As mãos envolvem a cintura de Carmen, sobem até

seus peitos, por trás levantam a saia, descortinam sua pele morena, esmiúçam meu território. Carmen me dá as costas, enlaça Alberto com os joelhos e respira forte. Posso sentir o ar que Carmen puxa para o seu peito saindo do meu — é o mesmo. Sinto os toques de Alberto como se fossem na minha própria pele.

Carmen arqueia as costas para o vazio enquanto a água começa a subir pelas calçadas. É a cheia das seis horas da manhã, quando as ondas explodem na praia. Logo se alimentam da faixa de areia, ganham o calçadão, a avenida e as portarias. A enxurrada alcança os carros e forma um rio turvo e caudaloso na rua. Cada nova onda faz o chão d'água balançar e subir de nível, chupando os prédios numa velocidade cada vez maior. Olho para baixo, a água alcança o segundo andar. Os carros flutuam e se chocam contra a fachada dos prédios, invadem janelas ao som de pequenas explosões que fazem a água tremer e borbulhar ainda mais. O som do maremoto absorve todos os outros e, em pouco tempo, não se escutam mais gritos, televisões ligadas, motores e freadas, não se escuta mais aquela nota grave que sobe do chão o tempo inteiro ocupando as madrugadas. Eu só ouço o farfalhar das águas frias dançando contra o concreto, invadindo todos os buracos e saídas, soterrando cada apartamento, limpando cada pequeno pedaço do Lido, arrancando das paredes o mofo, riscando cada possibilidade, raspando a poeira do chão. A água jorra pelos ralos que carregam o esgoto para cima e eu posso ver a massa de detritos subir em colunas retas, posso ver os resíduos de todas essas janelas fechadas subindo como flechas até a superfície da água que engole e mistura cada um de nós numa massa única e compacta, uma mistura dura de carne e merda, aço e concreto, terra e água.

Carmen cai da janela em frente. Seu corpo se esmigalha contra o fio d'água, meus restos afundam num rastro de sangue. Desaparecem. Alberto me encara, atônito, mas seus olhos não me dizem nada, estão brancos — eu roubei o seu olhar.

191.

Desperto num sobressalto e procuro Alberto, como se pudesse me certificar de que a visão tivesse sido apenas um delírio de mau gosto. Vou ao banheiro molhar o rosto e, quando saio, Carmen pergunta:

"Tá tudo bem?"

Sim. Pago o que preciso, livro-me do roupão e em poucos minutos estou flutuando novamente pelas esquinas da avenida Atlântica, acompanhado de Carmen, vinte anos declarados. Mas deve ter dezessete.

O crepúsculo já se insinua por cima do Leme e o céu é cortado por manchas rosadas como os lábios de Carmen, que, num transe de anfetamina e álcool, fala sem parar sobre sua vida, como entrou na profissão, o vício nos remedinhos e o apartamento onde mora com outras três amigas, grande, confortável e a uma quadra da praia, "na Djalma Ulrich!". Carmen entra num furor louco e me pede pó, mais cerveja — paramos pra comprar num quiosque. Eu me deixo levar pela espontaneidade da menina, que me leva pela mão como uma criança carrega um pai por uma loja de brinquedos.

"Tá amanhecendo, né? Olha só, ali dá pra ver a lua e do outro lado já tá fazendo sol."

Canta alto e rodopia pelo calçadão, tropeçando nas pedras portuguesas até quebrar o salto, finalmente resolve andar descalça. Arrasta-me para a areia, lambe minha boca, balbucia coisas idiotas:

"Você é bom pra mim. Qual é o seu nome?"

Você escolhe.

193.

Levo Carmen pra casa e entramos no chuveiro. Ela me ensaboa, me chupa sem empenho e pede para dormir. Seca-se e cai na cama. Deixo-me cair ao lado do corpo inerte da outra, já sem esperanças de foder. Sem pensar muito, abro a bunda da mulher com os dedos indicador e médio, um para cada polpa, e escarro no seu rabo. Carmen já está em outra dimensão. A saliva escorre até o lençol, eu me arrependo pelo cuspe. Seco com o lençol e cubro as duas.

Tomo um gole de qualquer coisa e logo estou sonhando com Carmen e nosso primeiro encontro, no foyer de um cinema. De tão repetidas, as cenas se embaçavam como um déjà-vu, olhares rápidos, o sorriso de dentes brilhantes, olhos apertados, a pele morena de Carmen — a mistura de sangue índio, negro e italiano fez dela aquela coisa única.

Você já parou pra pensar no que é capaz de fazer com uma mulher inconsciente?

197.

A parede gira em torno dos ponteiros, que finalmente apontam para o chão. O povo deixa a agência, roda a porta giratória enquanto a grana entra no cofre e os caixas fecham suas contas com as mãos sujas, impregnadas pelo dinheiro. Os caixas não sentem mais o cheiro e o gosto da comida, os infelizes só sentem cheiro de dinheiro, incutido sob a pele dos seus dedos de ponta grossa, o dinheiro que nunca terão, que passa diariamente sob seus olhos, filmados por outros olhos, mecânicos, eternamente vigilantes e desconfiados.
    Carmen deixa sua mesa. Uma foto grudada ao monitor e um vaso de flores que não cheguei a dar. Pisa sobre o chão de mármore do banco. É uma rainha convivendo com um bando de caga-paus, contando e cheirando notas, calculando notas, nascem e morrem contando notas, depois vão beber chope na Cinelândia. Queria ter dinheiro pra tirar Carmen dessa merda, mas não tenho. E, enquanto

Carmen vai se metendo com essa gente que cheira a dinheiro, eu vou me metendo com essa gente de jornalismo que acha que tem talento. Um bancário pega no seu cabelo, passa a mão dentro da calcinha de Carmen. Não lava a mão do dinheiro. Enfia o dedo de dinheiro em Carmen. Apesar da indignidade, não a pune com arrogância, como eu sempre fiz. Faz-lhe o mínimo.

A avenida cheia dos carros e da gente que luta pra voltar pra casa, ver TV, ainda dá pra pegar o jornal e dormir. Carmen solta seus cabelos pela calçada, desvia da sujeira das ruas, pisa em cada pedra como se estivesse num jardim ensolarado e verde, mas já é noite e o centro imundo, lúgubre.

Carmen chega à escada que leva ao metrô e senta na bancada. Olha a agitação dos pontos de ônibus, o povo fazendo sinal, os fiscais tomando notas, os vagabundos da cidade apoiados em generais de bronze, cagados por pombos, apontando o passado dos prédios neoclássicos da praça, os velhos cinemas, hoje transformados em igrejas, arte virando fé vazia, elegância mijada e esporrada pelos michês da Cinelândia. Carmen olha tudo isso, sem muito juízo de valor e sem pensar nas babaquices escritas por mim nestas linhas, só olha e, acho eu, cuidando por ela, que pensa em mim, que sente por mim saudade, uma mistura de temor com ternura, indiferença forçada, esse simulacro de desprezo que tenta impingir sobre minha cabeça de morto, que sente ainda, anestesiado, mas ainda amor.

Subitamente, muda as feições e encrespa as costas. Larga a bolsa no chão, ao lado dos sapatos. Começa a mover o corpo num movimento contínuo e pendular. A boca entreaberta. Suja de dinheiro. Carmen se perde de si, como um dia escolheu perder-se de mim. O vai e vem das costas aumenta a intensidade, corta o ar, vai, mecânica, se perdendo na praça. A noite caindo sobre os pombos. Alguém olha e logo desvia o olhar. Um filete de saliva escorre até o chão. Carmen sangra os olhos com as unhas e a gente de gravata e saia não vai parar pra ver.

De onde estou, o grito sufocado, de dor amordaçada.

Alberto e Carmen

Não sei como te dizer isso. Você pode não aceitar muito bem. Não me odeie, é tudo muito simples: queria te pedir pra não bater mais na porta de casa. Não sem avisar. Pra piorar é um conjugado, não tem como esconder nada. Não tem pra onde fugir. Você abre a porta e pronto, acabou. Não tem mais nada pra ver. Você pode encontrar qualquer coisa. Nem eu sei. Pra piorar, o buraco fica na maior concentração de libido da cidade, onde os feromônios formam uma nuvem espessa à noite, um fog de putaria no ar. O Lido, Carmen.

Ah, eu tenho tantas histórias pra te contar, mas você não vai querer ouvir nenhuma delas.

E eu queria tanto te contar. Contar como me abriram as pernas. E te contar como nada disso foi difícil. É só uma questão de abrir ou fechar — portas ou pernas. Queria te contar sobre aquela vez que encontrei bêbado com o casal de adolescentes. Contar como subiram trios, duplas e quartetos naquela cama que sempre quebrava no chão. E contar como eu acordava de madrugada e me lembrava de todos os meus sonhos com clareza, corria para um teclado como este e escrevia tudo, com o olhar ainda embaçado.

Eu queria muito te contar da vez em que quase caí no vão do prédio, ao chegar trôpego em casa e cochilar na janela. Contar quando dormi de porta aberta e despertei com o bafo da velha vizinha sobre mim. E quando acordei com uma calcinha na cara e eu não pude me lembrar de quem era, e como cheirava, meu amor. Contar dos dias em que fechei a porta e fiquei em silêncio, bebendo e pensando, semanas inteiras, sem contato com ninguém.

E te contar que você é o meu contato com a realidade, se ela existe só pode ser você. Contar que sem você eu me perco, e que não tem nada no mundo que me comova assim. Queria te contar que às vezes eu me pego chorando porque não acredito que você possa existir. E, muitas vezes, não acredito que o que nós sentimos um pelo outro possa existir. Mas existe, e isso me enche o rabo de alegria e eu preciso comemorar isso com ou sem você. Eu queria que você entendesse pra eu te contar, meu amor.

Eu vivo em estado de celebração quando penso em você, e eu sempre estou em você. E pensar em você não pode me fazer sentir mal. Eu nunca me senti sujo. Eu andei pelo subsolo dessa cidade com as figuras mais absurdas, entrei em ruelas, becos, desci escadas apertadas embaixo da terra, pisei descalço em poças imundas, mas eu nunca, nunca, me senti sujo, porque eu estava com você, de uma forma ou de outra. Como se você fosse algum tipo de entidade, logo eu que sempre nunca acreditei nessas merdas, Carmen.

Você me segue, eu sei. E, de um jeito ou de outro, você acaba sentindo tudo. Tá no ar, meu amor, e você capta. Não precisa se preocupar. Nunca nenhuma mulher me fodeu como você. E você nunca fodeu como nenhuma delas. Mas isso não importa, Carmen. Nunca importou.

Você percebe que a única categoria de infidelidade realmente existente é a autocometida? No limite, eu só devo fidelidade a uma pessoa. Eu preciso ser sincero comigo mesmo — não posso continuar escondendo coisas de mim. Eu não quero continuar mudando de assunto e driblando pensamentos, ninguém precisa disso. Eu não posso continuar me sabotando. E não há quem me obrigue a não ser sincero. Não pode haver. Eu não preciso do medo de pensar até o limite da minha consciência. Eu quero ir além, eu quero ir até onde eu não puder mais e, se você quiser me dar a mão e perder o medo, eu estou aqui, eu vou sempre estar, Carmen.

199.

Alberto acorda cedo, bebe o café que Carmen lhe serve, toma notas num bloco — inclina o bico de pena sobre o papel, observa a tinta soltar-se pelas linhas azuis, sente o toque da caneta-tinteiro com prazer exclusivo. Alberto recebe os jornais diariamente na porta do velho apartamento, acorda antes de recebê-los e liga para a portaria, desperta o porteiro, pergunta se chegou. Paga um trocado para que o porteiro suba com os jornais. Recebe os jornais e joga a nota pela soleira.

As noites de sono são cada vez mais curtas.

Sentado em sua poltrona, escuta a TV de Carmen reverberando do corredor e grita, manda desligar, fechar a porta. O enorme apartamento é quase vazio. Alberto só tem o principal, jogou o resto fora. Alberto nem sequer tem os livros que publicou, as primeiras edições, os originais, recortes. Do telefone, desligou a campainha. Depois que Carmen morreu, queimou as fotos. O único aparelho que funciona é o pequeno som. Os discos de jazz que Alberto ouve o dia inteiro. Encomenda por catálogo. Carmen vai comprar na loja, ali na Barata Ribeiro, onde os que eram amigos de Alberto se encontram e bebem. Falavam sobre Alberto, mas sua ausência se tornou tão grande que parou de ocupar algum lugar — transformou-se numa lembrança vazia, como aquelas cartas que se guardam com orgulho ferido entre as páginas de um livro.

    Alberto sente a vida e o século jogados fora. Um grande e retumbante nada, nascidos para quê?, e sente vergonha da sua produção, seus contemporâneos, uma geração de incompetentes infecundos, essa juventude imbecil, e Alberto também é responsável por ela. Alberto sente saudades de Carmen e isso é o que mais machuca, mas Alberto não quer admitir, é mais uma verdade a constrangê-lo. Nada que Alberto tenha escrito sobre Carmen vale algum segundo na vida de alguém. Alberto percebe que passou a vida buscando expressar um sentimento puro, livre de referência, mas só conseguiu lançar ideias inúteis, pensamentos vazios, circulares. Supérfluos que agradam a alguns, o que só ajuda a aumentar a humilhação. A redenção lhe escapa como a lua foge da mão de uma criança, faz uma concha com as mãos, abraça o inalcançável. O sucesso — posto ao lixo, acompanha seus mortos.

    De noite, Alberto queima as notas. Não chegam mais a lugar algum. Nunca chegaram.

211.

Carmen escolhe Alberto e assim sou batizado. Grita meu nome, ri, abraça meus ombros, baba cerveja, o vestido negro lhe cai pelos braços. Resolve mergulhar no mar. Sento na areia. Gaivotas quebram ondas enquanto esqueço de tudo e só consigo pensar em coisas rápidas e pequenas, em frases curtas ou palavras simples, como grãos de areia e as pedras no mar. Carmen some de vista e do meu pensamento. Enquanto o mar revolto a leva, sorri, levanta os braços, brinca com as ondas que a carregam. Ninguém está por perto. A praia silencia e os prédios, grandes testemunhas caladas, encaram inertes o fundo de palco gigantesco desenhado pelo horizonte. Carmen está cada vez mais perdida no mar que a engole enquanto cospe marolas na boca de cena desse teatro vazio.

Ninguém está com Carmen, que submerge entre ondas sob a luz recente do sol. Ninguém se preocupa com Carmen. A água salgada começa a entrar na sua boca. Talvez

Alberto tenha se preocupado, um dia. Carmen está quase lá, não luta mais contra o mar. Talvez.

Enquanto vejo a noite se esvaindo em Copacabana, penso em simplesmente deixá-la morrer.

223.

As crianças brincam na vila, apostam corrida em bicicletas enferrujadas. Desvio das rodas até a soleira de casa, onde calo sua boca com um beijo e, entre tapas, bato a porta sob o olhar quieto da vizinhança. É fim de tarde, chego do trabalho. Carmen tem os punhos fortes e me soca de mão fechada. Forço passagem pela sala, carrego a pequena pelos punhos. Quero subir e chegar ao quarto, mas Carmen empaca no meio da escada. Seguro seu braço, levanto a camisola e, alguns degraus abaixo, pressiono meu rosto contra a sua bunda. Afasto a calcinha com a outra mão. Enquanto chupo, tenta gritar. Acaba uivando.

"Alberto pode chegar."

Em pouco tempo, se acalma, entre espasmos e contorções. Ofereço-lhe meu corpo, que empunha com devoção religiosa. Carmen reza uma prece bonita. Sobe, desce, chupa as bolas, lambe minha virilha e volta a abocanhar. Logo começamos um longo beijo, misturando cheiros e gostos.

Coloco dois, três dedos. Carmen me aperta como uma algema. Deito na escada e deixo-a comandar a cena. Tenho tufos de cabelo preto nas mãos — Carmen não reage aos meus puxões. Goza, arfa, levanta e pede, "mete".

Fico de pé, seguro sua cintura e arremeto contra seu corpo empinado. Carmen está cansada e eu não consigo gozar. Meu pau se converte num membro insensível, inerte, duro e lustrado como mármore. Vou pegar água na cozinha.

"Eu queria saber por que você fica me torturando", diz com sua voz pequena.

227.

Encontro Carmen flanando de preto sob o sol forte do calçadão e conduzo sua cintura fina até a mesa do restaurante com vista pra praia, instalado dentro do forte do Posto Seis. Peço duas bebidas quentes. A maquiagem escorre pelo seu rosto, um choro escuro. Calamos na espera de um alívio e o vento chega, sopra silêncio. Nos olhamos e reconhecemos sem pressa. Carmen levanta, vai ao banheiro. Volta e senta calada na minha frente. O meio metro da mesa esconde quilômetros de imagens falsas, duplicadas e refletidas nelas mesmas — truncadas.

Um soldado rufa um tambor, abrimos a boca. Nossas vozes se entrecortam com a estupidez de dois cachorros que brigam por comida. As palavras encaram-se, dão voltas sobre o mesmo tema, olham a mesma figura sob diferentes ângulos, arquejam as pernas, dançam desconfiadas pelo ar de Copacabana — estão se enganando. Carmen não é fácil.

Não é pra ser. Desde que fugi, Carmen vem lambendo meus ossos com o olhar.

Espero uma pausa. Abro os botões da camisa, um a um. Arranco a pele do meu peito com as unhas, uso a faca e o garfo para estripar meu coração entre costelas, o sangue respinga pela mesa, espirra no rosto impassível e nervoso de Carmen, cheio de espinhas, o choro escuro. Seus olhos ficam mais claros com a luz da praia, enxergam-se nos meus. Faço tudo sem desviar o olhar. Carmen agora tem os cabelos pretos vestidos do sangue que escorre até sua boca, cai pela nuca e pelas costas lisas e brancas. Seguro seu queixo e nos beijamos. De pé, Carmen me ajuda a abrir mais o tecido do meu tronco, me abraça por dentro da pele — seus dedos pequenos deslizam pelas minhas vértebras, os mamilos duros encaixam-se nas minhas costelas aparentes. Seu cheiro agora é o meu sangue. Com as mãos ainda trêmulas, entrego o pedaço de carne vermelha, jogo no prato.

Chamo Carmen de malcriada e, num estertor ridículo, digo:

"Come."

A escada de pedra escorre o vermelho até o mar. Peço a conta ao garçom — Carmen vai pagar.

229.

De manhã, me acorda pelo telefone. Entorpecido, invento uma desculpa qualquer. Depois de todos os anos, as mesmas incompatibilidades. Carmen funciona sob o sol. Eu durmo.

Cuida de mim como se trata um filho retardado: corta minhas unhas, assoa meu nariz e perdoa minhas imundícies — tudo o que esqueço ou tenho preguiça de fazer. Lembra compromissos, horários, me acorda, me dá o norte, a única coisa parecida com uma rotina na minha vida. Viver sem Carmen é impossível depois de poucos meses. A capacidade inesgotável de nos entreter com besteiras, apelidos e brincadeiras infantis — faço cócegas, a aperto como um bebê. Esbofeteio de mão aberta e o jogo acaba com os dois cheios de marcas vermelhas e porra, estirados na cama. O prazer de ver Carmen dormir e acordar com a manhã iluminando a sua perna grossa sobre mim. Sem precisar de assunto ou motivo. É só um olhar pro outro — nosso amor telepático, Carmen. Ficamos dias sem nos vermos, é só pensar. E eu vejo seu rosto carimbado na minha pupila e em todos os outros rostos, nos poucos amigos, nos pivetes da rua e no espelho toda manhã.

    De repente todo mundo fala com a sua voz, Carmen, e eu respondo, eu sempre respondi.

233.

Antes que eu provoque algum desastre com a puta e os suecos, Alberto pede a nossa conta e saímos andando. Já são quatro horas, mas não penso em dormir, preciso continuar ligado, preciso ganhar da noite, é uma luta eterna. Pela rua, vejo os vagabundos e os invejo. Sem nenhuma prerrogativa ou destino certo, vivem num tempo próprio em que não existem suposição e insegurança, não existe aquele intervalo tenso e longo demais entre uma decisão e um tapa na cara. Apenas uma linha reta cruzando o tempo, e eu imagino como seria subir nessa esteira rolante e sonhar e pensar na velocidade da realidade, nada menos do que isso. Eu quero a fidelidade total aos meus pensamentos mais absurdos e que nada seja impossível — se eu não quiser.

Esses sujeitos não prestam contas a ninguém, permutam sua miséria por uma ausência quase absoluta de opressão. A ausência de orgulho os faz mais fortes — riem da polícia, cagam escárnio e mijam desdém. Devolvem em dobro ao mundo seu desprezo.

Como o avião de Alberto havia sumido da esquina de sempre, compro algumas latas de cerveja num boteco. Bebemos com pressa antes de entrar numa boate. A visão da inexpugnável crioula de cem dólares havia me excitado até um ponto sem saída — é inútil argumentar com o próprio caralho. Após um longo corredor de um prédio comercial qualquer, subimos dois lances de escada e encontramos uma porta de vidro fumê. Uma velha gorda nos aguarda com dois chaveiros.

"Quanto você calça?"

239.

Comendo mal e dormindo pouco, aparento fraqueza. Mas a fome me deixa alerta, todos os músculos tesos, ligados, enxergam longe. Em casa, chego me segurando pelas paredes, um destruidor da raça humana patético e triste, ego escorrendo pelos dedos. Escrevo coisas ridículas sobre a falta de método em pesquisar o universo de diferentes concavidades, larguras e profundidades de orifícios secos e úmidos, períneos de diferentes texturas, lábios mais ou menos carnudos, de cores estranhas, tremedeiras diferentes, olhares e sorrisos velados, recordo gritos compridos, urros como cadelas, rabos empinados e a descoberta de novos encaixes, antes aparentemente impossíveis. Mulheres com o corrimento espesso como graxa, que escorre e mancha lençóis. Cabelos que caem, pentelhos de todas as cores e tamanhos, louros, vermelhos, pretos e raspados. Como um adolescente lunático envolto em experiências químicas, imagino meu apartamento como um repositório de material biológico feminino, uma enciclopédia em formação.

Não precisa ser contraditório. Amo o jeito como elas sorriem de boca fechada, os dentes alinhados, a forma como desafinam a voz quando querem me provocar, a maneira como cada uma delas entoa as palavras e junta suas ideias. O jeito como seus cabelos caem sobre mim quando me chupam. As posições em que sentam no meu colo e sentem diferentes orgasmos, os toques e caminhos pelos seus corpos. Eu amo o jeito como cheiram, suas famílias, histórias, ex-namorados — até os maridos. Vamos tomar um chope um dia, seus merdas, e a gente conversa sobre isso tudo. Nossas histórias e as referências e detalhes que só duas pessoas no mundo podem compreender. E se ficássemos juntos, teríamos histórias todos nós?

Essa cama me prende. É difícil me livrar do centro dessa realidade paralela, mas as escolhas que um homem faz ou deixa de fazer, antes mesmo de seu nascimento, cobram seu preço.

241.

Corro para o mar, brigo com o mar e puxo o braço inerte de Carmen. Com dificuldade, arrasto seu corpo pesado para a areia. Ela tosse, cospe água e, após levantar-se, me pede outra cerveja, estúpida. Não tenho mais dinheiro. Saímos encharcados e voltamos ao asfalto como dois sobreviventes. Deixo Carmen andar na minha frente — quero ver minha recompensa. Tem cintura fina e a bunda um pouco gorda que deve ser gostosa de quatro. Os peitos tímidos, a barriga um vazio e os cabelos pintados de loiro, com as raízes pretas.
"Alberto."
"O quê?", respondo.
E ela, nada mais.

251.

O relógio bate onze horas, é o início de uma noite longa. No quarto escuro, a única luz, que reveste as paredes de um azul estranho, é a do monitor, colado à janela. Eu abro a cortina e vejo outras muitas janelas, os prédios em frente, os sons da rua que chegam baixinho, a maresia cheirando forte e, atrás do fog do Lido, o mar riscando o mundo em dois. Estou relendo, revisando, e quando passa da página 122, o trabalho começa a ficar extenuante. Sem comer há umas dez horas, mas não sinto fome. O comprimido bate em quinze, vinte minutos. Minha cabeça fica pesada. Aumento o som. Aos poucos as palavras que me agridem se revestem de uma outra dimensão. Gritam mais baixo. A música fica baixinha, eu aumento o som novamente. Ganho imunidade temporária. Posso ir além do que estava guardado. O pior dos fantasmas que se pode ter é o de si mesmo. Escrever é ter isso descortinado de um jeito que eu não sei se Carmen vai entender.

Não consigo mais me proteger. O fato é que Alberto nasceu no mesmo dia em que eu e me persegue. Incansável. Aparece nos lugares, enche a cara, troca meus pés pelas mãos. Enche o saco por uns dias, depois some. Volta sujo como um cachorro da rua, pede comida. Senta aqui e escreve umas babaquices de dar dó. Faz bagunça. Eu chego em casa e ainda tenho que aturar. Mas, antes de enterrar, vou fazer um leilão. Sei de gente querendo comprar — há quem pague bem. Mesmo assim eu abaixo o preço.

Agora já estou envidraçado, vou ganhando distância dos meus sentimentos. Grogue, me vejo de longe. Um otimismo besta passa a permear tudo. É falso, mas aproveito. Ao mesmo tempo, a concentração fica mais escassa — eu posso ficar alguns minutos encarando o monitor desfocado ou uma janela vazia. Quando acordo e encontro meu olhar, o texto fica bonito, mais elegante, fluido. Aproveito, logo vem o sono, de pernas trêmulas. Vou dormir, por alguns momentos me esquecer de competir com o mundo. Enquanto a cabeça pesa e a boca seca, alguma esperança. Posso escrever isto tudo de novo se for preciso. Faço tudo de novo. Nem que seja de mentira e plastificado, escafandro de mim mesmo.

No lençol, pedaços de pele. Sento na beira da cama e ajudo a arrancar a cobertura do meu corpo, cada vez menos resistente às unhas. Aos poucos vou me largando por aí. Os pedaços soltos pelos lugares mais improváveis. Alguns servem pra encher papel, viram palavras. Outros ventam por aí. Vão agitar o cabelo de uma mulher.

E eu, cada vez mais descortinado, frio.

Alberto levanta o copo:

"Fica quieto, animal. É só casca."

257.

Carmen larga minha mão.
Quando eu olho para cima, seu braço não está mais. Sem seu apoio me desequilibro, tranço pernas até desistir — me jogo no chão. Carmen me ajuda a dar significados a todas as coisas, tudo o que eu posso e não posso ver, a lua que me segue, o mar que puxa meu corpo, os outdoors que eu não sei ler e invento significados, só pra você rir, Carmen. Você é a única intérprete que eu tenho. E, agora que você se vai, eu preciso aprender tudo do zero. Preciso inventar uma nova linguagem porque tudo o que eu disse até hoje foi em termos de Carmen. Você está em cada letra e em cada frase que eu conheço, em cada pedaço de prosa, por trás de todas as janelas e, diante de tudo, seu corpo se abre para que eu entre e veja, sinta e conheça o mundo, como se você fosse um grande filtro por onde eu tenho que passar, você se interpõe, me envolve, é minha segunda pele.
Acho impossível que um dia eu consiga sem você. Ten-

to enterrar Carmen, não consigo. Queimo suas roupas, sua blusa branca pendurada no armário, as gavetas cheias de calcinhas, os prendedores de cabelo na mesa de cabeceira, seus dois sapatos na beira da cama, me encarando como dois sapos na beira de uma estrada sem volta, sem marcha a ré ou retorno, alfinetando meu peito, tirando meu sono, Carmen. Suas coisas lá em casa são lembranças de tudo o que deixou de acontecer, que não vai acontecer. Você sempre despertou em mim o melhor que eu posso dar, uma meta, um objetivo. Mas eu me rendo. Eu não consigo ser melhor. Quando escuto sua voz ao telefone, o som fino, suas desafinações, o jeito único de articular as palavras, a voz que tanto me deu paz, que eu precisei ouvir diariamente como uma bênção, como se deus falasse comigo, agora essa voz me afaga e também machuca, sangra meus ouvidos. A única religião que eu já tive foi você, Carmen. Perder você me faz um agnóstico amargo — mais errante e mais bêbado do que sempre.

    Tento enterrar você, não consigo. Seus dedos surgem da terra molhada, seus ombros se encolhem, movem-se involuntariamente, entre espasmos. Vejo seu rosto em todos os espelhos da casa, e a presença do seu corpo ainda pesa. Abro um buraco no colchão, cavo fundo para jogar mais terra sobre seus cabelos longos, sobre a sua pele ainda quente e macia, bato na terra com a pá para ter certeza de que você não vai subir. Mesmo morta você está quente, Carmen. Eu não consigo fazer você morrer em mim. Sei que você está aqui neste quarto, mesmo não estando.

    Eu já não sei mais o que é sonho nessa realidade tão estranha sem a sua voz pra me ler as legendas, sem o futuro que parou de existir. Isto aqui é uma sobrevida sem alma. Eu tento enterrar você, não consigo e me enterro no lugar. E passo a te ver lá em cima, a mão estendida, os dedos finos e compridos buscando meu toque. Mas não consigo revolver a terra e levantar o braço. Eu não consigo voltar à realidade. Tenho que escapar, mas estou perdido em incompreensão, sem sua mão pra me guiar até você lá em cima, sobre essa camada de terra fria. Preciso da sua ajuda, mas preciso da sua ajuda para pedir. Estou afogado em mim mesmo, a água entra no meu peito em círculos, arranha caracóis de feridas no meu pulmão, expulsa você de mim.

Com esse gosto de terra na boca, não consigo lamber minhas feridas.

269.

Quando o sol da tarde entra pela janela, o apartamento é um caos de areia, sapatos e roupas jogadas no chão. Carmen ainda dorme nua agarrada a mim. Dois desesperados se esbarram, quase se matam e acabam abraçados num apartamento minúsculo e quente, presos num ponto de tinta dessa tela áspera, as cores atiradas por um pincel empunhado por ninguém. Carmen diz que todos somos incondicionalmente importantes uns para os outros, repete que subestimar essa importância é um grande pecado, talvez o único. Nessa manhã nossa relevância mútua e exclusiva, como um mistério implacável, nos enleva e acordamos juntos, um procurando nos olhos do outro o que havíamos perdido sem volta. Carmen me beija, abraço seu corpo úmido e assim ficamos sem nada dizer, inertes.

Sinto um coração bater sob os peitos de silicone e penso em Carmen, na nossa recém-conquistada distância. Essa realidade espelhada me faz temer estar ficando louco de desesperança, como se não conseguisse enxergar além das paredes do cubículo e de um corpo suado. Não há perspectiva alguma além de um emprego barato e uma ou outra foda embebida em álcool. As portas estão fechadas ou abertas demais. Não há sentido pra essa versão viciada dos fatos. Com medo de ver o teto manchado cair sobre a minha cabeça, me agarro aos braços gordos de Carmen.

Antes de voltar a me chupar, ampara meu corpo com a devoção de uma Virgem, me faz sentir que todos somos inocentes ali.

271.

Foi no meio da noite que surgiu. Alberto está debruçado na janela do apartamento, imagina por trás das cortinas, olha o pedaço de céu delimitado pela área interna do edifício, um céu pequeno e claro, sem nenhuma estrela, fuma um baseado, decide se vai se masturbar agora. O computador está ligado e a tela em branco, estéril, encara Alberto, zomba do seu fracasso. Toda vez que Alberto senta para escrever, não consegue desenvolver nenhuma ideia, acha tudo coisa passada, já escrita, sente-se como uma criança montando um quebra-cabeça montado e desmontado milhares de vezes. Alberto imagina todos os outros que já estiveram debruçados em sacadas, olhando para o céu, fumando, tomando decisões idiotas, sem perspectiva. Alberto é ingênuo o suficiente para pretender ser original e acreditar nisso. Escreve por orgulho. Além de talento, falta-lhe vergonha na cara — como tem pânico de morrer, acha que o que escreve pode sobreviver a si mesmo. Essa cobrança o bloqueia, Alberto quer escrever a história de Carmen e não é capaz de nenhuma linha.

Olha mais uma vez o céu, coça os bagos e esbarra num copo. O som do copo quebrando pelas paredes do quarto. Ao ver os cacos no chão, Alberto estremece. Sem aviso, as outras janelas ganham uma claridade forte por trás das cortinas. Os raios azulados cintilam enquanto o céu se torna escuro, uma escuridão que não se pode ver. Alberto se apoia na sacada. Olha para baixo, busca algum conforto, mas não está mais lá. Alberto fecha os olhos e mergulha num vórtice de sensações, afasta os pés do chão, seu interior transborda pelos poros. Flutua de pau duro.

Depois de tocar uma punheta, levanta e acende mais um.

277.

O moleque enfia o dedão no buraco onde o orelhão devolve a ficha. A fila aumenta, e a mãe nervosa, constrangida pela idiotice do filho. Dentro do orelhão, meu dedo está inchado, vermelho. Penso que vou perder o dedo. Choro baixinho. Estou preocupado com as pessoas que precisam telefonar. Toda a sua importância e ocupação ficam maiores perto do meu estado. Precisam confirmar onde estão, acertar compromissos. Essas coisas que se precisa fazer. Alguém as espera em algum lugar. Não tenho nada disso. Tirando Carmen, não tenho quem me espere. Um sujeito me levanta, inclina minha mão. Meu dedo parece quebrar, grito alto, as lágrimas escorrem. Alguns já desistiram da fila, foram embora procurar outro orelhão. O garoto meteu o dedo no orelhão. É burro por não saber onde enfia o dedo ou é burro por meter suas extremidades onde não se pode tirar.

Tropeço pela calçada, entre canteiros cagados por cachorros, mendigos, crianças, sacos jogados na beira da rua, uns miseráveis e as meninas, feias e bonitas, mas meninas, salvando a madrugada, iluminando a Prado Júnior. Penso ouvir passos seguindo os meus, uma sombra no chão, mas não há nada além de mim depois que entro pela Viveiros de Castro e deixo as cores e os sons dos carros e das putas pra trás. Na esquina um telefone público começa a tocar. O som é agressivo, entope a rua de uma urgência alienígena. A máquina repete o som metálico. Resolvo atender e a voz de uma mulher, entre soluços:

"Carmen está morta."

Não posso mais dormir enquanto Carmen está acordada. Não posso me masturbar enquanto Carmen esquenta algum lençol. Não escapo dessa direção, não acordo de Carmen. Sou incapaz de abrir a porta do armário, me vestir ou amarrar meus sapatos. Não consigo deixar de ver Carmen em cada relance, em cada olhar, em cada cruzar de pernas, em cada anca postada de quatro, em cada cheiro que me lembra você, por ser diferente ou igual. Mas agora Carmen está morta e ninguém lhe envolve os braços. Está morta e ninguém mais descobre seus caminhos. Morta, seu céu não se mistura com o de mais ninguém. Morta, veste a calcinha derradeira, branca de algodão, que ninguém nunca mais vai tirar. Morta, sem sorriso, despida pelos vermes. Morta, só lhe restarão os cabelos longos que não caem mais sobre o corpo de homem nenhum. Morta, se corrói até que não sobre nada do que sente. Morta, sem ar pra alimentar suas lembranças. Morta, não anda mais por aí, não atrai o olhar de mais ninguém, está protegida como nunca consegui. Morta, não me lembra o desperdício. Morta, enterrou consigo o meu melhor. Morta, não há mais o que escolher. Morta, não vai parar de falar dentro de mim.

Nos momentos mais improváveis Carmen ainda fala comigo, baixinho. Me dá conselhos. Manda eu não jantar biscoito, tomar banho quente, não bagunçar meu quarto. Até me diz o que fazer enquanto estou com outras mulheres. Sussurra, diz como gosta. Geme comigo, morde o travesseiro, espreguiça o seu corpo pela minha cama vazia. Diz coisas bonitas que eu nunca mais vou ouvir. Me chama de nomes bonitos, faz cafuné, ensina a dormir. Carmen morta ocupa o seu lugar na cama. Carmen morta aparece pra mim, assim, sem reflexo ou urgência. Carmen morta, essa prece interminável, sem religião.

283.

A entrada do quarto escuro é protegida por uma antessala pequena e por uma cortina vermelha que não permite a entrada de luz. Quando alguém sai ou entra dali, alguns raios de claridade elucidam por poucos segundos o mistério do que se passa. O som quebrado da pista vaza alto. Tateando pelas paredes, tropeçando em pernas e braços que se espalham pelo quarto, acho um canto vazio onde me encostar. Alberto está longe.

Desapareço de mim sob o calor da cegueira. O peso da bebida e a escuridão fazem tudo ficar mais incerto, as paredes mais inclinadas e oscilantes, o chão escorregadio, os sentidos sem direção certa, claudicantes como crianças abandonadas. Quando não há o que ver, meus olhos começam a imaginar formas, e pequenos feixes de luz se formam no vazio.

Sinto o toque de uma mão sobre meu joelho, sobe até o meu rosto, enfia o dedo na minha boca. Dois dedos, minha boca aberta. As unhas se cravam, puxam a língua para fora. Tento reagir, outra mão segura meus braços, tomo uma rasteira e logo estou no chão, uma resposta pra nenhuma pergunta.

Os braços me mantêm preso, impossível reagir enquanto a roupa é arrancada. Logo alguma lâmina rompe os botões da camisa, arranha o meu peito, o atrito do sangue jorrando até minhas costas faz cócegas, minhas calças, também longe de mim, mãos me contorcendo, virando pra todos os lados, sinto toques e línguas, como se todos fossem uma só grande criatura estúpida e irracional, percebo uma boca subindo pela minha perna, deixando um rastro de cuspe espesso, sinto o toque da língua, seu caminho até minha virilha, meu períneo, o saco, a língua vai ganhando território, não adianta me mover, estou imóvel sob joelhos e braços, e a grande boca abocanha um naco de carne, serpenteia a língua pelas minhas bolas, estou inerte, preciso deixar cair, quero que a boca me morda, faça algo que me tire dali, me vejo pedindo para que a boca acabe com tudo aquilo que abandona o limite do suportável, mas a boca lambe meu pau inerte e mole, alheio a si, a boca sobe e desce, baba, estou sobre uma poça de saliva e sangue que encharca meu rabo no chão, a boca faz uma pausa, mantém a língua na base do meu saco, alguém abre a cortina e eu vejo, eu posso ver, num relance, o rosto por trás da boca, por trás da língua serpenteando pelo meu corpo, a pele muito branca, cabelos escuros, a tez afiada, eu vejo por trás da boca, por trás dessa língua dionisíaca, por trás da criatura com mil braços e pernas, que me imobiliza e cospe, por trás da cortina vermelha que esconde a verdade, abafa o som e apaga a luz, eu vejo ali, de joelhos, a língua nas minhas bolas, vejo os óculos de armação grossa refletindo meu próprio rosto, vejo meu próprio rosto refletindo meus olhos, me encarando, vejo eu mesmo como um predador incansável e promíscuo, por trás de um olhar viciado em falsas realidades, no quarto escuro me encara por um segundo, me lambe sem pudor, os olhos arregalados inertes, contendo o caminho das palavras, a diferença que existe entre espelhos, entre meus olhos se encarando, minha boca lambendo meu próprio membro inerte, essa utopia arregalada, ali eu encontro a chave, eu encontro a chave que abriria e fecharia todas as portas.

Sobre a poça de sangue, olhos costurados pelo pavor, apalpo meu corpo e descubro dois pedaços de carne abaixo do pescoço. Meus dedos deslizam por novas curvas, macias, doces como as partes nunca exploradas. Sinto meus mamilos eretos e os seios roliços, duros como duas peras. Abro as pernas com dificuldade — como uma goma espessa, o sangue coagulado gruda os pedaços de pele. Minha mão encontra o vazio, uma vagina enorme e encharcada. Carmen está em mim.

Mas logo a cortina fecha. Fecho os olhos pra não mais abrir. Não existem mais portas, jogo a chave fora.

Alberto

Alberto caminha pela rua ao lado dos carros. Acompanhando o tráfego daquela hora, seu passo é irregular e lento, vacilante. Às vezes, Alberto olha para o alto e vê as árvores que formam um enorme túnel verde-escuro na Viveiros de Castro. Pelas falhas, Alberto pode ver o azul do amanhecer e alguns raios de luz lustrando seus pés inchados, envoltos em trapos. Alberto para perto de um dos feixes de luz impressos no chão e acompanha o caminho da luz desde atrás das folhas, lá em cima, até o solo, e imagina como seria se a luz pudesse voltar e subir de volta pra cima das árvores. Uma vez, Alberto foi ao banheiro de um boteco e a privada entupiu. A água subiu, emergindo todo o produto das suas entranhas e alagando o chão do bar. Mais ou menos como se as coisas começassem a cair pra cima, Alberto pensa. Alberto brinca de inverter o movimento das coisas e de si mesmo. Afinal, os objetos têm um movimento, papel e fluxo bem definidos no tempo. Alberto gostaria de poder inverter todas essas coisas. Alberto gostaria de ver a água subindo pelo ralo, ondas de areia invadindo o mar, a luz do céu surgindo dos seus pés e a vida se extinguindo de cabeça pra baixo.

O vento carrega as folhas até o chão com pesar, como se tivesse medo da reação de Alberto à ordem natural do mundo. Mas logo Alberto não verá mais as folhas. Seus pés vão se desprender do asfalto e alcançar um chão de terra molhada que vai rechear o espaço entre seus dedos cheios de frieiras e o espaço entre a sua carne molhada e as unhas dos pés. Alberto sente uma cócega estranha, mas não para. Alberto vê várias casas compridas e baixas, como vagões de trem, e entra no primeiro vagão, estreito, com cortinas vermelhas nas janelas e mesas por todos os lados. Na entrada, percebe uma tabela de preço, como se aquilo fosse um hotel. Mas não há quartos ou escadas. Subitamente surge Carmen, como se brotasse do chão, uma aeromoça de quepe com a pose de um sargento. Carmen pergunta alguma coisa.

Vários são os vagões, todos aparentemente iguais. Cada vez que Alberto sai de um, surgem outros, e logo não vai haver mais terra molhada para pisar, só os vagões, agora suspensos por andaimes e ligados por cadafalsos que flutuam sob o ar. Alberto olha para os pés inchados, envoltos em trapos, e percebe que não há mais terra no espaço entre seus dedos. Abaixo das nuvens que voam pelo vazio sob as plataformas, Alberto vê o túnel verde de árvores e toda a azulada praia de Copacabana amanhecendo lá embaixo. Alberto sente gotas de chuva pelas narinas e percebe que está chovendo, mas é Copacabana que chove nele, de baixo para cima. As gotas chovem forte, ventam, e Alberto vai buscar abrigo no próximo vagão, que treme com a tempestade. A estrutura formada por milhares de metros de metal sofre o abalo da chuva, de baixo pra cima.

O vagão onde Alberto busca abrigo tem as janelas embaçadas

e cerradas com cadeados. Mas o que vai chamar a atenção de Alberto não é isso. Alberto vai procurar pela origem de um ruído, semelhante a um miado, que vem de debaixo de uma das mesas, abafado pelo som das gotas batendo no chão. Alberto procura e vê duas pernas de mulher, envoltas por um par de meias-calças pretas e rasgadas, jogadas numa cadeira. As pernas estão separadas e dispostas de um jeito estranho, o que faz Alberto pensar que estão quebradas. O resto do corpo de Carmen está embaixo da mesa, embaixo do pano xadrez da mesa, e chora, chora baixinho, como um gato buscando comida. Alberto vai buscar a outra extremidade de Carmen, encontra uma cabeça apoiada no chão. Tenta puxar a mulher para fora da mesa, mas Carmen se agarra às suas pernas ferozmente, começa a chorar mais alto. Desequilibrado, Alberto senta no chão e coloca a pequena cabeça loira no colo. Como tem o cabelo jogado na cara, é como se não tivesse rosto. A cabeça é desproporcional ao tamanho das pernas. Alberto tem medo de tirar o cabelo da cara de Carmen e a chuva piora, elevando mais o vagão e estremecendo a estrutura que o mantém no ar. Carmen continua deitada no chão, agarrada às pernas de Alberto, que percebe, pela posição dos seus ombros, que ela está com uma das mãos entre as pernas. Alberto, sem saber por quê, acaricia os cabelos da cabeça infantil de Carmen, que chora cada vez mais alto. Na verdade, Alberto acha que está com pena de Carmen. Alberto não entende. O vagão treme, Carmen treme, mas num ritmo diferente, e Alberto resolve levantar o pano xadrez da mesa.

 Imediatamente, Alberto recebe uma enxurrada de água morna e viscosa que jorra forte, sem parar. Carmen e tudo o mais desaparecem. Só resta o jato de água que se torna cada vez mais quente, mais aconchegante, e Alberto tenta levantar, mas não consegue e só vê água, não vê mais chão, vagão ou o túnel verde de *árvores e toda a azulada praia de Copacabana amanhecendo lá embaixo, só consegue sentir a inexpugnável barreira de água que empurra seu peito e arranca o ar dos seus pulmões lentamente, num fluxo contínuo e sem fim, como as coisas que caem e sobem, como as pessoas que morrem atropeladas todos os dias lá em Copacabana, como a merda que desce pelo ralo, como o caminho que a luz faz, desde atrás das folhas, lá em cima, até os seus pés inchados, envoltos em trapos. E a água começa a entrar pela boca de Alberto que já não consegue pensar em muita coisa. Suas ideias se esvaem numa velocidade cada vez maior, até maior do que a velocidade da água que esmaga seu tórax e vai matá-lo em pouco tempo. Alberto, no segundo antes que seu coração pare de enviar sangue ao cérebro, não vai conseguir ver o ralo que jorrou até esmigalhar seu corpo. Mas vai se lembrar de algumas coisas, e a última coisa que vai pensar será no dia em que foi ao banheiro de um boteco, a privada entupiu e a água subiu, emergindo todo o produto das suas entranhas e alagando o chão do bar.*

Alberto vai sentir mais ou menos como se as coisas começassem a cair pra cima.

ESTA OBRA FOI COMPOSTA EM MERIDIEN PELO ESTÚDIO O.L.M./ FLAVIO PERALTA
E IMPRESSA EM OFSETE PELA GEOGRÁFICA SOBRE PAPEL PÓLEN BOLD
DA SUZANO PAPEL E CELULOSE PARA A EDITORA SCHWARCZ EM OUTUBRO DE 2013